股票投資 All-in-1

導讀

股票市場能夠投射人性表現，不同資產的買賣交易，好淡雙方的無聲角力，都反映著人類行為的精彩心理。股票投資是一門結合心理、科學與靈感的學問，絕不是純粹的賺錢途徑。

筆者主編財經書已有一段日子，透過與讀者分享交流，了解到他們需要一本怎樣的投資書傍身，方便隨時翻閱，歷久常新；於是度身訂造了這本適合新手學習，同時又能讓經驗豐富的投資者溫故知新的小書。

股票投資博大精深，如果說只要讀通一本書，就可以賺大錢的話，相信是天方夜譚。因此，本書的目標非常明確，就是扼要地說明最實用、最易明及必須知道的投資技巧，讓讀者能夠有系統地學習，全面提升實戰操盤的勝算。無論你是新手上路或是股壇老手，相信都能從中找到值得參考的地方。以下是 5 大核心主題：

1.「基礎強化篇」：投資的程序非常重要，第一步必須建立一個適合自己的獲利模式，朝著目標進行系統化操盤；同時理解一些容易犯上的謬誤和手法，避免墮進交易心理的陷阱。

2.「資金管理篇」：資金是投資的彈藥，絕對要審慎分配，倉位控制十分重要。除了要建立個人投資組合外，在下注後更要設定好正確的止蝕位及止賺位，在適當時候離場。即使「坐艇」，亦需要計劃好應對措施，耐心和冷靜，缺一不可。

3.「**宏觀因素篇**」：股市的表現和宏觀經濟息息相關，從日常的財經新聞，聽到一系列的國家數據，如 GDP、通脹、加息減息等，都會為股市帶來意義性的波動。即使不是修讀經濟學出身，只要認識少量關鍵數據，投資已經游刃有餘。

4.「**選股策略篇**」：不少人都會以「和股票談戀愛」去形容股票投資，但究竟你對愛股認識有多深？和人一樣，不同股票有不同的個性，有龍頭股、黑馬股、藍籌股、潛力股和周期股等，深入了解它們的特點，結合長短線操作，投資回報自然事半功倍。

5.「**買賣時機篇**」：無論任何市況，Timing 都是非常重要。要在正確的時間點作出買賣決定，可應用量化技術工具配合，包括：成交量、移動平均線、MACD、RSI、陰陽燭組合和圖表形態等。好好善用這些工具，發揮各自的長處，「高賣低買」你都做得到。

推薦序 1

想學好投資？本書堅幫到你！

經常有人問我應該如何投資，而我一直堅持，最好的投資就是投資在自己身上，包括學習投資。

香港的基金表現，特別是強積金，大家有目共睹，聘用基金經理雖然方便，但是否物有所值，就見仁見智。

在現今「資產主義」的社會，投資隨時較打工收入，更決定每個人最終的財富。（當然，我並不鼓勵全職炒股。）

無可否認，投資需要有一定的知識，否則交學費的路途可以很久；我慶幸遇上不少前輩，得以向他們請教。然而，不少朋友可能會欠缺時間或機會，去認真學習投資，而一本股票基礎入門的書籍，縱使不能讓大家馬上掌握投資要訣，也能讓各位踏出學習投資的第一步。

我與作者陳卓賢（Michael）雖然沒有在投資市場上合作，但有賴他的策劃及幫忙，我的幾本著作都甚受讀者歡迎及追捧，甚至出現賣斷市的情況！我認為，擁有豐富出版及編輯經驗的 Michael，非常理解讀者的真正需要。

一本好的投資書，不是它的內容有多天花龍鳳，而是讀者是否能從這本書取得甚麼。《股市投資 All-in-1》由資金管理、宏觀因素、選股策略及買賣時機等方面著手，全方位分享股民投資的要點。即使我在股市浸淫已有一段日子，讀畢本書後均有得著。

　　筆者深信「開卷有益」四字，絕對適用於此書。

謝克迪
暢銷財經書《股票投資 101》、《爆趣！簡易投資》作者

推薦序 2

打好基礎，進入 Alpha 的世界！

　　不管你有沒有讀過 CFA 課程，或有沒有接受過專業的投資訓練，這本工具書都能提供投資股票最重要的基本知識，方便讀者了解及應用。

　　投資是一種哲學，Alpha（額外回報）投資需要極高的投資技巧，但明白投資術語，認識股票基礎內容同樣是不可缺少。投資世界高深莫測，高手如雲，需要我們終身學習，更重要的，是有一個非常正確的起步點，而這本《股票投資 All-in-1》正好給我們提供了一個有系統及循序漸進的學習機會，本人誠意推薦給大家學習。

　　非常榮幸及開心曾與 Michael 合作出版了兩本投資書，寫投資書就好像是作者和編輯在溝通投資的方法論、價值觀及投資哲學，我多年來和他探討寫作結構及內容重點時，學習了很多，希望日後有機會再和 Michael 合作，炮製非一般的實用投資書，進入 Alpha 的美妙世界！

王華

易方資本有限公司 創辦人及投資總監

推薦序 3

易明實用、融會貫通！

「投資」二字看似簡單，不外乎低買高賣，無論是股樓債匯等各樣投資工具都只得低買高賣一個原理。但投資卻同時是一門知識面既深又廣的學問，甚麼資產特性、宏觀經濟、選股策略、注碼控制、技術分析等等等等，任何一樣都構成「投資」學問的重要原素，光是各種術語已經令人眼花撩亂，初學者往往不知從何入手。

許多行家都以為寫入門財經書很容易，但其實不然。打個比喻，我初學寫程式的時候，買了很多本入門的程式語言書，並花上整整幾個月死記硬背，但全部都不得要領。原因是，電腦世界上很多知識都需要融會貫通，寫程式要懂一點點網絡、又要懂一點點硬體、甚至要懂微積分和統計學。最後我只好到大學修讀幾個短期課程，打好概念上的根基後，學習程式的路才總算有進步。

比起學寫程式，學投資則幸福得多，這得歸功於香港作為國際金融中心，培育出大量財經界的人才，其中這本由 Michael 編寫的入門財經書，完全為照顧初學者而設，縮減初學者的上手時間之餘，又能做到融會貫通的效果，這一點在入門財經書來說，非常難得。

歐陽一心
中國銀河國際證券環球市場部 聯席董事

推薦序 4

傳授上乘內功

萬丈高樓平地起，羅馬亦不是一日建成，要練好絕世武功，就要打好基礎，正如《射鵰英雄傳》的郭靖，資質本是平庸，但由於自小專心訓練馬步，當出現奇遇，即因根基良好而成為一代大俠。

股票投資亦如是，牛市的時候人人都是股神，但能拿得走贏利的才是英雄。在投資的國度，人人都想一步登天，卻一次又一次忘了基本功的重要，結果受傷的程度可想而知。

作者 Michael 從事出版界多年，見盡投資界的二三事，慢慢自成一套，細讀此書有如《天龍八部》中的虛竹，獲無崖子傳授了七十年的功力。只要習得這套上乘內功，又何愁練不成絕世武功？

小龍
小龍江恩研究社 創辦人

千里之行，始於足下

「投資如何贏錢？」相信是大家都會問的問題。大部分人會認同學習技能需要長時間訓練，但一談到投資就覺得有捷徑可以一躍龍門。事實上，投資跟其他技能一樣，一定要由基本功學起，然後持續鑽研技巧，才能學有所成。誠然，投資要達到極致境界並非一朝一夕的事，但若果連基本功也無心去學，恐怕連進步的機會也沒有。

《股票投資 All-in-1》正正是投資者必讀的基本功入門書，作者 Michael 簡而精地展示出投資及資金的管理技巧、宏觀分析要訣、選股及捕捉買賣時機策略，投資者閱後定必能夠習得一門投資入門功夫，為未來打好根基。

我認識 Michael 的時間不算特別長，但他在我撰寫首本著作時給了很多寶貴意見，我的作品得以出版，他絕對功不可沒。此外，Michael 於財經出版界亦有相當豐富的經驗，而且處事認真嚴謹，聽見他出書的消息，我亦打從心裡感到高興。

千里之行，始於足下！祝大家從此書學好投資基本功！

周梓霖
地產項目助理投資經理

目 錄

基礎強化篇

資金管理篇

宏觀因素篇

目 錄

選股策略篇

買賣時機篇

常用術語速查

術語	說明
股票	有價證券的一種，是股份公司為籌集資金而發行給股東的持股憑證。股東會不定期地獲取股息，分享公司收益，同時亦要共同承擔風險。
普通股	股票有普通股與優先股之分，普通股屬於公司最基本的股份。
優先股	優先股股東通常沒有投票權，不能對公司議案提出表決，卻能夠優先獲得股息分配、以及在公司破產或結業清算時獲得分配剩餘資產項權利。
建倉	買入股票。
平倉	賣出股票。
空倉	把所有股票都賣出。
持倉	繼續持有股票。
期貨	股票期貨合約的買賣雙方，承諾於日後某個指定日期，以預先定好的價格，買入或沽出指定數量的相關股份。
長倉	即持有「買入」股票期貨合約，買方必須在最後結算日買入相關的股份。
短倉	即持有「沽出」股票期貨合約，賣方必須在最後結算日，按照合約的條款沽出相關股份。

術語	說明
H 股	亦有「國企股」之稱,指在中國註冊,而在香港上市的外資股。"H"為香港(Hong Kong)首字母。
A 股、B 股	A 股和 B 股都是股票的一種分類,但不同地方的概念都有不同。例如香港的 A 股及 B 股,主要是指股票的面值不同,但投票的權利一樣;但內地 A 股只供內地居民買賣,B 股則只供非本地人買賣。
藍籌股	即當地股市的指數成份股,香港的情況就是恒生指數成份股。他們多數都是市場認同度高的大公司股票。
紅籌股	指在中國以外的地方註冊,但帶有濃厚中國概念的公司,股票在香港上市。
供股	是公司在股票市場集資的方式之一,透過發行新增股票,按指定價格售予現有的股東,公司從而獲得資金。
配股	配股有新舊股之分。配舊股的話,指公司或大股東透過投資銀行代理,物色有意接手該公司股份的投資者,一口氣向其賣出一定比例的股份。而配新股則是發行新股份在市場上集資。
紅股	類似以股代息,將新的股票直接派給股東;但同時會攤薄每股盈利、每股派息,甚至股價。
拆股	把原來股票的數量增加,而每股的股價亦會因而減少,使總資本不變,拆細目的主要是令股票的市場流通量增加,而且每股入場費減少,讓更多散戶有能力買入。
合股	拆股的相反操作,由於股票數目太多,會增加行政開支,因此要合併股票數目,股價亦會因而上升。
股息	公司會把部分收益派發給股東,作為股東投資於公司的報酬。

術語	說明
除淨日	當公司宣布派發股息或紅股等非現金權益，在除淨日之前一日持有該公司股票，就可享有全部該等權益。除淨日的日子主要由該公司決定。
T+2	香港股票市場實行 T+2 制度，即買賣股票後兩日才進行交收。
每股盈餘	為該公司當年度之淨利，除以發行總股數；數值愈高，代表公司的獲利能力愈高。
每股淨值	即每張股票的賬面價值。計算方法，通常是以公司資產減去負債後，「淨」下來的數值，再除以發行總股數。當公司運作良好，資產便會愈增愈快。
盈喜	即「盈利預喜」，是公司向投資者發出的喜訊聲明，預測盈利將大幅上升。
盈警	即「盈利警告」，是公司向投資者發出的警告聲明，預測盈利將比上期大幅倒退，甚至虧損。
散戶	一般是指無能力炒作股票，買賣數量不大，無組織的普通投資者。
大戶	有能力在股市大額進出，對股價造成重大影響的人。
好友	看好市場的投資者。
淡友	看淡市場的投資者。
財演	即「財經演員」的簡稱，是對一些經常透過傳媒曝光的財經分析員或股評人的貶稱。
燈神	同樣是對財經分析員或股評人的貶稱，諷刺他們對股市的預測，往往與市場實況呈相反走勢。

術語	說明
開盤價	當天的第一筆成交價格。
收盤價	當天最後一筆成交價格。
最高價	當天的最高成交價格。
最低價	當天的最低成交價格。
成交量	股票在交易日所成交的股數。
成交額	股票在交易日所成交的金額數。
反彈	當股價大幅下跌後，會供需現象會出現調整，股價出現暫時的回升。
逆轉	股價不會永遠朝單一方向走，有時亦會往反方向變動。
支持位	在某價格水平顯示，一隻股票有一定數量的買盤去暫停股價的下滑趨勢，甚至有可能扭轉趨勢，令股價反彈。
阻力位	在某價格水平顯示，一隻股票有一定數量的賣盤，令股價的上升受阻，甚至有可能扭轉趨勢，令股價回調。
坐艇	即買入股票後，股價下跌，卻不甘賠錢賣出，結果被股票套牢。
解套	股票被套牢後，等待股價回升至原來買進價位。
同股不同權	企業的股本將分為 A 類及 B 類，雖然都是同樣價值的普通股，但就擁有不同投票權。以申請在港上市的小米集團為例，A 類股持有者每股可投 10 票，B 類股的持有者則每股可投一票。對企業本身而言，發行「同股不同權」，是用以防止其他企業「敵意收購」，買入其股份、增加持股量，從而影響公司本身的決策；對於一般散戶投資者來說，影響則不大，買入者只要信任集團創始人、大股東的決策便可。

股票投資
All-in-1

基礎
強化篇

投資是理財的一部分？

假如有一筆為數不少的資金，你會如何充分利用它呢？如果你打算把錢全數放在床下底，然後再慢慢洗，這做法已經算是「守財奴」了！現代人的理財觀念早已從「保存」轉化為「增值」，亦即「用錢搵錢」，因為金錢本身就是一件強而有力、可以不斷自我增值的工具。

因此，理財已經不再是把錢放在床下底那樣簡單的事了。事實上，我們亦很清楚經濟會出現通貨膨脹的情況，物價會愈來愈高。如果你手上的資金金額不變，時間就會令你的資金大縮水。舉個簡單的例子，你今天可以用 $3 買一支「益 X 多」，但相隔數年後，便可能需要 $4，甚至 $5，才買得到同樣的一支。這都是在我們生活中顯而易見的事。

$15 可買 5 支「益 X 多」

3 年後

$15 可買 3 支「益 X 多」

理財金字塔

由此可見，建立一套完整的理財計劃尤其重要，其中理財金字塔更被公認為最具理性意義的理財模式：

理財金字塔分為四層

在第 4 層裡，投資的目的是致富，所以風險是最高的，你可能會蝕得厲害，但賺起來也非常可觀，大起大落。這包括了外匯買賣、期貨、期指、認股證、四五線投機股等。

第 4 層
致富層

第 3 層
增長層
目的是讓資金有較可觀的增長，這包括：進取型基金，及二三線實力股。

第 2 層
保本層
讓資本的價值不會萎縮，並能穩健地增加，投資項目包括：保守型基金、債券，以及大藍籌類的一線股票。

第 1 層
保障層
謀求生活保障，具體的方法包括：存款、儲蓄、人壽保險、退休金、強積金等。

放在哪層好？

　　理財金字塔把各種理財項目排成次序，最底層的面積最闊，象徵投入的資金最多，愈上層的面積愈少，投入的資金也愈少。從風險角度看，最底層的風險也最低，愈是上層，風險就愈高。當然反過來說，風險愈高的投資，回報也會愈高，風險愈低的，回報亦會低得多。所以，股票在理財金字塔的比重亦相當重要，但錯誤的理財觀念，卻會使各類型股票的買賣比例出錯，例如應該需要較大量持有的優質股票，只佔有小部分，而將大量資金投放到投機味濃的劣質四五線股身上。

　　因此在往後章節，筆者將介紹如何製作投資組合、認識各種性質的股票，以及當中的買賣時機，正如股神巴菲特 (Warren Buffett) 所言，他最關心的是「買甚麼股票」以及「甚麼時候作買賣」。

股票投資算是賭博嗎？

　　既然股票投資在理財金字塔中佔著重要的位置，那麼我們要先了解股票的價值是甚麼。股票的基本價值主要來自該公司的經營狀況，所以要估計它的價值，絕非無跡可尋，更不是像賭博般依靠運氣，而應該要評估及分析公司的實力，從而進行投資決定。

　　分析是科學化的東西，是知識性的內容。股票可以從經濟、政治、業務、財務、市場、行業、科技等多方面進行分析，從中我

投資是理財的一部分？

們可以取得很多有用的資訊，整理資料再作更精確的分析，並通過邏輯推理求得答案……這些都是賭博不具備的要求！換個角度看，不懂分析而去投資股票的行為，基本上跟賭博無異。

「從眾心理」是最典型的賭博心態之一，不少股民都願意買進一隻大家都看好的股票，但這隻股票是自己完全不了解的；即使其後股價下跌，但因為大家一起做錯了，所以自己錯了也沒甚麼——這種為增加安全感，放棄個人分析，而採取大眾主流傾向的行動和決定，往往是投資者持續失利的主因。

股票投資和賭博的另一不同之處，在於買入股票後，是可以隨時賣出收回現金的，而賭博則是完全靠運氣，萬一輸掉就輸清光了。只要該公司不是倒閉清盤，你所買入的股票就保有一定價值，無論股價稍升稍跌，賣出後尚可收回一定的資金。

若把投資視為賭博，就不會重視最起碼的基本分析，而只是把希望寄託在運氣的好壞之上，懷著賭徒般的心理博一博，自然是毫無勝算的把握。其實股市還是有其規律性的，只要經過系統化的分析，至少是可以找到較為接近真相的答案。從來沒任何人可保證某隻股票必然會升或會跌，但正確的分析方法和心態，將是成功投資者的必經之路。

投資分析為何重要？

所謂投資分析，就是投資者對股票市場所反映的各種資訊進行搜集、整理、綜合等工作，從而了解和預測股價的走勢，作出相應的投資策略（包括長線及短線投資）。以下會簡單說明一下需要投資分析的理由：

❶ 減低風險：股票屬於風險性資產，所以投資者走的每一步都應謹慎行事，否則後果自負。我們應以降低風險和獲取最大收益為最終目標，而認真進行股票投資分析，將會令我們看到可能發生的風險，從而及時避開隱蔽的陷阱，讓投資行為更安全。

❷ 掌握時機：股票投資是一種智慧型投資。我們經常聽到，「長線投資者注重基本分析，短線投資者則注重技術分析」，但無論是何者，前提都是要看準了時機才去投資。而時機的把握需要投資者綜合自己的知識、理論、技術及方法，作出科學化的決策，才能尋找出適合的股票，在適合的時機進行買賣。

❸ 個人能力有限：即使已做好投資分析的準備工夫，投資者往往仍會受到資訊不足、分析工具不全、個人分析能力有限的問題所制約，所以除自行分析外，還要多參考外界所作的分析，作出正確的判斷。

由於分析的過程相當複雜，考慮問題時要從全局角度出發，第

一步就是對宏觀經濟運作，包括國家生產、國民生活、貨幣流通等作詳細分析，從而判斷在大環境的趨勢下，各行各業的具體經濟活動有何影響。

接著，我們要對所屬行業的企業進行研究，但由於每個企業都各有特性，要了解它們，就應從其經濟和財務狀況入手，綜合考察它的資本情況、技術能力、獲益多寡、償還能力、成長潛力等，才能對該企業的股票作出充分的評價。

❹ **市場變幻無常**：股票市場作為一個整體的場區，其行為可能與基本分析的結果一致，也可能是完全相反，例如某一個股市的經濟狀況和國民經濟現狀都很好，但某個行業的股票板塊卻出現低迷。由於股票市場都有自己的喜惡，有些投資者偏愛某些行業的某些股票，不願意投資到另一行業的股票之中，這種情況都可能會導致市場趨勢與宏觀經濟背道而馳。當然，這多數是短期現象，投資者不應忽視其中可能產生的損失。

股票市場變化無常，投資者的心態和方法都會引起股市的周期性波動，有些股票的波動比市場大一些，有些比市場少一些，有些跟市場同步，有些跟市場不同步……但市場作為一個整體，對每種股票的價格變動都承擔主要的責任，有決定性的影響力。因此，我們有必要把個別股票的預測跟整個股市的預測聯繫起來，互相對照，以提高個別股票價格預測的準確性。

為甚麼要
根據性格買股票？

　　有些投資者埋怨自己買錯股票，是因為相信分析員或朋友的建議和貼士，說是必贏，於是就重貨買入。但後來才發現，這些股票的漲跌波幅之大，風險之高，是自己事前沒有想像過的。當股價一路狂跌，自然會壓力極大。

　　事實上，並非每個投資者都適合買賣市場內的任何股票的，每一個人都有不同的性格，股票都一樣，有各自的股性和特點。

　　在股票市場內，有優質股、有劣質股、有波幅穩定股、有狂升暴跌股、有長期上升股、有長期下跌股、有高息股、有無息股、有增長股、有老化股、有紅籌藍籌股、有消息股、有蚊型股⋯⋯總之我們必須慎重選出適合自己性格的股票，考慮一下甚麼股票可以買，甚麼不應該買。當然你亦可以適當地做一些和個人性格反方向的投資，以保持相對的平衡。

以下就看看你是屬於哪一類性格的投資人士：

性格	進取型	保守型
特徵	1. 喜歡冒險，傾向買賣概念股、細價股之類。 2. 喜歡炒即日市，利用 T+2 作短炒。 3. 喜歡到處打探消息，願意為朋友提供的「必賺股」下注，卻對這些貼士的底蘊都不清楚。	1. 不敢短炒。 2. 傾向買入規模較大、耳熟能詳的企業的股票作長線投資。 3. 很少會買賣來歷不明的股票。
建議	1. 不要將所有資金都用來作短炒之用。 2. 將部分資金作比較穩當的投資，例如買一些超級大藍籌股票。	1. 不宜大額買入幅波幅太大的細價股，你可能會承受不到波幅的巨大變動而做錯買賣決定。 2. 勿因一時耳根軟而隨便聽任何人的消息貼士。

如何建立獲利模式？

　　股票投資和做生意一樣，你就是老闆，手上的資金如何分配，在甚麼時間做甚麼決定最好，具體的每一步該怎麼做，都要事先想好。把這概念放在股票上，代表你要設計一套屬於自己的交易系統，才能創造成功的獲利模式，大致流程如下：

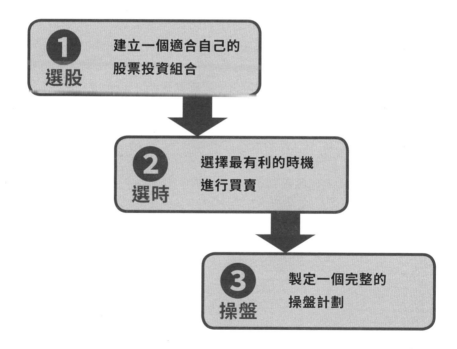

① 選股 建立一個適合自己的股票投資組合

② 選時 選擇最有利的時機進行買賣

③ 操盤 製定一個完整的操盤計劃

❶ 選股，建立一個適合自己的股票投資組合：基本上你是不可能追蹤所有股票，所以第一步你就要從自己熟悉和感興趣的行業板塊入手，仔細閱讀每家公司的年報、中報、季報和公開訊息，從中選出有良好預期的優質股，堅持進行追蹤，並在適當時機採取行動。如果你每天只關注 5~10 隻股票，工作量就會相對地小，精力更加集中，操作成功的機會就會大增。選股時要考慮的方向，筆者主要從以下條件入手，例如：

條件	原因
季度每股收益有否大幅增長？	公司的成長性是股價上漲的主要推動力。不過在留意每股收益這項數據時，要特別注意： 1. 要剔除非經營所得。 2. 收益增長有沒有銷售增長作配合？ 3. 增長率有否放緩？
年度每股收益有否大幅增長？	理論上，連續多年業績都穩定增長 50% 以上的公司最有可能成為牛股，當然其收益必須是基本面能支撐而不是非經常收益所得。要特別留意的是，市盈率（PE）低不一定有投資價值，業績預期大幅增長，才是股價上漲的動力。
有沒有新的正面變動？	新產品上市、新管理層上任、增加新的生產能力等，都可能帶來好的投資機會，所以要密切關注行業變化和個股的公開消息。
股票流動量大小	同等條件下，流通量小的股票漲幅可能會大一些。

❷ 選時，選擇最有利的時機進行買賣：很多時候，即使我們每天都閱讀很多財務報表、財經新聞、收集各種消息，終於找到幾隻很有信心的優質股票；但當買入以後，股價卻連連下跌，結果只好忍痛離場。你或許會懷疑自己是否用錯了選股方法，但其實可能只是 Timing 不對罷了。以下就提供一些投資時機的方向給大家參考：

時機	原因
大市 大跌後	市場是有周期性的，升多了就會跌，跌多了就會升，所以當大市下挫時，最好不要建倉。而當大市企穩並重新上行時，就是最好的建倉時機。例如，當恆指升穿 50 天平均線後，可嘗試建小倉位，如果能站穩並持續上揚，則可加倉。
盈利報告 （包括年報、中報、季報）	在大市走穩的前提下，業績有良好預期的個股，在報告發布前的 2 至 5 周之前，通常就會開始上漲，這時候可提早建倉，並在報告發布前幾天升勢減緩後，或開始下調時出貨。
熱點板塊	大市每一輪上漲都會由熱點板塊帶動，當大市強勢時，跟熱點的機會多一些；大市弱勢時，大多數熱點就不具有持續性，這時就需審慎了。
消息	如果事前有傳言，即俗稱的「放風」，消息真正出來前股價必定已有一定的漲幅，這代表股價可能對這種預期已經有所反映，這時可能是一個出貨的好時機。

如何建立獲利模式？

❸ 製定一個完整的操盤計劃：一個良好的計劃能記錄你在買股票時的想法，可以幫助你控制情緒，讓你有一個思考過程，總結經驗和教訓。以下是一些常用的操盤方法：

方法	細節
留意報告及新聞	如果出現一些良好的預期，例如：大幅增長的盈利報告、突發利好消息、基本面出現正面變化、季度結算前的敏感時間，都要考慮是否一個可行的入市時機。
技術趨勢	這是建倉最直接的參考指標，不管基本面有多好，或者出現多麼利好的預期，如果股價的技術面處於劣勢，都一定要沽貨，不宜持有，一般情況下，都需要用一些技術分析去進行趨勢確認。 關於技術分析的內容，本書後半部分會有比較詳細的介紹，以下只會簡單介紹一些常見的判斷入市方法： 1. 成交量激增，例如近日的成交量最好超出平時的一倍以上 2. 周線圖呈上升趨勢 3. 10 天、20 天、50 天平均線同時呈上升趨勢 4. 股價有突破技術型態的頸線／阻力位置 5. MACD、RSI 同時發出買入訊號

預測收益	當股價如你預期出現大幅上漲,你需要在某個價位平倉以實現你的獲利,例如在發出盈利報告前的 1~2 天,或者股價回吐至獲利的 15~20% 處都可,止賺位最好在建倉時就在計劃中定出來。
計算收益風險比率	根據你的預期收益和你可能的最大損失,可得出一個收益風險比率。如果比率小於 3:1,你可能需要尋找更好的投資目標;如果比率大於 3:1,按計劃做下去的成功率會較高。
為自己作總結	如實記錄你的所有建倉時間、價位、數量,是否需要加倉,止蝕、止賺的價位,只要跟足計劃操盤,你就可以更放膽去做交易了。

如何建立獲利模式？

· ·

　　人們都會誤解投資高手都是每戰必勝，100% 的買賣都能夠獲利，但這在現實中當然不可能發生。那高手是如何獲利呢？以華爾街的頂尖交易高手為例，他們一般的虧損都很有限，一般最多在 7%，而他們每次的盈利率都在 20~30% 左右，所以總合起來，收益仍是相當可觀。

　　正如索羅斯 (George Soros) 所言：「讓你的虧損減少，讓你的贏利奔跑。」——這就是在股市獲得穩定收益的方法。如果你也照著以上模式的方向操作，發現看錯盤時堅持止蝕，看對了就堅持持股，並在獲利豐厚時平倉，相信成為投資高手都未必是難事。

　　從現在開始，請拋掉手中的垃圾股，改掉打聽小道消息或內幕貼士而買賣股票的習慣；只買基本面有良好預期的股票，只在適當的時機買入有技術面支持的股票，設立止蝕及止賺價位，做一個詳細的計劃，每次都總結經驗和教訓，只要堅持下來，你就會建立出一套行之有效的獲利模式。

常用操盤技巧
有哪幾種？

所謂「操盤」，是指在實戰股票買賣中，通過交易盤的資金進出表現和大市的環境，來判斷股價的趨勢發展，按計劃地作出技術性買進和賣出的決策。常見的操作技巧主有以下 5 種：

1. 順勢投資法

順勢投資的特色是靈活地跟風，即當股市走勢良好時入市，走勢轉弱時就沽貨。但要注意的是，順勢投資者需要時刻留意股價的上升或下降是否已達頂峰或低谷，萬一發現轉勢出現，就必須進行反向操作，在頂峰時出貨，在低谷時買進，這樣才可以持續在任何市況獲利。當然要掌握趨勢，知道何時是見頂或見底，仍需要一定的技術配套，這將就在往後的文章介紹。

2. 分注買入法

分注買入法是一種保險操盤法，萬一買入股票後股價持續下跌，那就在降到某個水平後再買進一批，這樣總平均買價就比第一次購買時低。只要有一兩次上漲，就不致全軍覆沒。

通常，我們會將資金平均分成至少三份，第一次買進只用總額的 1/3。若股價上升，投資者可以獲利；如果股價下跌，則作第二次買入，仍只是資金的 1/3，如果股價升到首次買入的水平時，便

可獲利。若第二次買入後股價仍然下跌，那麼第三次再買，用去最後的 1/3 資金。一般情況下，第三次買進後股價很可能會升起來，所以投資者要耐心等待回升。

3. 保本投資法

所謂保本，即是保住現有的所有本金或某個百分比的投資金額（如 60%）。操作的方向有兩種：

· 在股市升勢時設定止賺位：投資者對獲利的目標價不能定太高，以免承擔過高的風險。例如你的投資金額為 $5,000，並設定投資金額的 60%，即 $3,000，為需要保住的「本」。當所持有股票升至市價達 $7,500 時，如果你認為未來股價即使跌，也不會令你原來投資額跌至 $500 以下的話，那麼你就應先賣出 $2,500，這獲得的 $2,500 現金，加上你認為有保障的 $500，即 $3,000，已代表保住你設定的「本」了。而對餘下的股票，你仍可再保本而定出獲利賣出點，比例的多少全由你決定即可。

· 在股市下跌時設定止蝕位：繼續以上例子，如果你設定止蝕位為最初投資額的 80%，當股票的市價跌至 $4,000 就要賣出，以避免更大損失，一切保「本」為重。

4. 回補投資法

這是好友降低成本、保存實力的操盤方式之一，方法是於股價上漲時先賣出持有的股票，待價位回調後再補回的投機技巧。好處是於短時間內賺得差價，讓投資者的資金逐點少少地累積。

回補投資法的操作方向有兩種：一是行情看漲時賣出，回落時補進；二是行情看跌時賣出，待跌後買進。前者是好友推進股價上升時轉為淡友，希望股價下降再轉回好友；後者是被套的好友趁股價尚未太低時拋出，待再降價後買回。

做好友？定做淡友？

5. 相反操作法

剛才提過，不少投資者的買賣決定是基於從眾行為，相反理論則指出不論股市及期貨市場，當所有人都看好時，就是牛市開始到頂；當人人看淡時，就是熊市見底。只要和群眾呈相反意見的話，就會有致富的機會。

但應用這理論前，要先確定大勢環境並無特別事件影響，當市場人氣旺、外界一致看好時，果斷出貨；當市場人氣弱、外界一致看淡時，果斷買進，且愈升愈賣，愈跌愈買。當然，亦要結合基本條件，例如當股市長期低迷、成交量開始漸增時，你只能追漲；而市況長期高漲，而成交量開始下跌時，你就要開始賣出了。

除了低價買進？
還可高價買進？

　　在低位買貨是市場最主流的買賣手法，相信你不會懷疑，但原來逆向操作，即高價買進的策略都是投資人常用的手法之一。這一般是指投資者買進已經上漲一段時間及一段波幅的股票，期待能更進一步暴漲。如果真的被你預料到，當然是值得高興，但萬一和預期結果走反，那就變成「摸頂」，這就別怪任何人了。因此高價買進是十分危險的行為，如果你沒有把握股市的大勢行情，最好不要冒險。若要成功，就必須具備以下 3 個條件：

1. 必須是具有良好前景的股票

　　股票投資的魅力在於今日的眼光，造就日後的豐碩成果，如果你購買的是一隻質素優秀、獲利能力良好、且前景看好的股票，即使股價下跌，日後還是會再度成為投資者爭購的對象，所以短期的跌幅或許只是 般的回調，未來還會出現更可觀的升幅。

2. 必須是行情看漲期

　　只要大市是處於行情看漲期，即使該股目前未受投資者歡迎，但根據板塊輪動的情況，遲早都會受到各方投資者的關注，所以投資者要把目標放在行情上漲的時候。

3. 選擇知名度周期長的股票

知名度周期，即是被外界所重視和關注的時限。股票知名度周期愈長，股價持續上漲的時間也愈長。但要注意的是，各類股票的知名度周期都不同，有些會持續一兩年、有的是兩三個月，也有一些只維持一兩個星期就銷聲匿跡。一般而言，形象良好的成長股，其知名度會比較持久。

買股有「四不宜」?

無論你是新手或老手,都要提醒一下自己,多注意以下 4 種不合宜的買股習慣:

1. 不宜選擇自己不熟悉的股票

在選股或準備換股的過程中,很多投資者首先想到的並不是在自己熟悉或曾買賣過的股票中選擇,而是尋找完全陌生的股票。這種貪新忘舊的心態代價不菲,由於「新來新豬肉」,投資者往往無法揣透陌生股中的控盤主力 / 大戶的操盤手法、技巧和坐莊思路,結果當然會容易誤踏莊家對股價舞高弄低的陷阱,做錯買賣決定。

如果你堅持要買入陌生股,建議先花費至少半個月的時間分析其基本資料、盤口具體的成交特徵,以及該股與板塊和大市的互動關係。當這些訊息都比較有掌握和熟悉後,相信能把投資失利的風險大大減少。

但喜歡選擇陌生股的投資者最缺乏的就是耐性,他們往往是看中短期的炒作,卻不願意長期持有該股,所以多數是不會有太大的回報。

2. 不宜過度頻繁更換股票

投資者最常出現的習慣，就是當買入了一隻股票後不久就感到不滿意，於是輕易決定換股，白白把過去作出投資分析的努力和成果作廢。這種做法不但會大幅降低投資的成功率，每一次失手甚至會重挫投資者的信心。

事實上，任何股票都是機會，除非你已確定該股已開始走入長期下降的通道，否則當前股價的回調或調整，或許只是為了將來的飛升而積儲能量，是在等待時機，這時候保持耐性更加重要。

3. 不宜選擇太多種類的股票

要認真研究一隻股票，往往已花費了一個人的巨大精神和時間，更莫說你要組合出 10 隻股票了。加上每隻股的走勢各異，有的大升，有的急跌，更多的是平平無奇，種種變化都衝擊著投資者的腦神經，時間一久，自然會愈來愈無所適從。

同時，如果選擇的股票太多，都會令你的目光無法集中，結果往往會走漏眼，白白錯過了買賣時機。因此我還是建議投資者重點關注 3~4 隻股票就足夠了。正如巴菲特所言，除了只投資於自己熟悉和信賴的幾間公司外，「一個成功的投資者，一生不必做許多投資決定，只要做幾次對的就足夠了。」

4. 不宜輕信股評專家的推薦

由於資訊不足和個人分析能力有限，當投資者單靠自己能力買賣股票卻處處滑鐵盧的時候，就自然希望從外界的某處借助力量，給自己提供一個光明的啟示，結果便開始尋找股評人的推薦了。

無可否認，股評專家必定有其專業素質及投資分析力，表現比一般投資者出色更加是主流所認同。但如果過分迷信他們推薦的股票及後市預測，不管當前是否買入的好時機而盲目跟風，萬一出現錯誤判斷，投資者最終可能會失望而回，敗北收場。

股評人都是人，也常常有犯錯的機會，最常見的有以下 2 種：

❶ 比較短視，喜歡追漲，尤其局限於明星股、強勢股。這些股票的股價可能早已升了幾天，大戶隨時出貨，如果這時跟風追入，可能只會落得接貨捱價的結果。

❷ 股評觀點以公開形式在各大傳媒中發表，必然會引起莊家的注意，有時候莊家有意利用股評作反向 / 同向操盤，製造走勢陷阱，造成股價短期的錯價和不穩，缺乏個人分析的投資者容易在這時候中伏，變得進退兩難。

買股有「四不宜」？

作為一個理性的投資者應堅持自己的投資立場，對股市的變化自有個人的分析和判斷，而不是盲目聽信他人之言。明智的做法是，對股評人的言論持開放的態度，當作一個參考就好了。

哪些是散戶最常出錯的手法？

如果說投資分析是科學化的操作，那麼交易行為就是心理學的範疇。投資綜合了個人對股市以及自我的認知，而投資行為往往會誤闖非理性的陷阱，如何戰勝自己的心理絕對是成功的關鍵。以下就以交易心理的角度，描述一下散戶投資的常見現象，以及不經意會犯的思維錯誤吧！

❶ 花了不少時間作投資分析，並按基本面買入股票，但剛起漲就嫌升幅太小或害怕回跌，於是很快就把股票賣掉，輕則只賺取一個零頭，重則連交易手續費都倒蝕！

❷ 按技術面買入所謂的強勢股，並打算短炒博賺取差價，可惜漲了不賣，回落時又來不及止蝕，結果短炒變中線，最後被迫轉為長揸，愈套愈深。

❸ 買入股票前不作深入分析，買入後才去仔細研究該股的基本面，對這次交易時於短線還是長線投資都不清楚。

❹ 在大市上升趨勢確立後，總喜歡尋找仍然沉底的股票，即俗稱的「炒底」，以為買到了筍股待升，可結果就是升不起，白白浪費了贏利的機會。

❺ 當發現持有的股票基本面出現惡化時，總是希望找出當時買入的理由，不肯承認判斷錯誤，更不會止蝕。

❻ 在股票下跌期間補倉，妄想攤低成本，卻發現自己是撿到人家掉出來的廢紙；而在最後階段的恐慌性下跌中，將廉價的籌碼送給了大戶。

❼ 股票剛下跌時期望是大戶震倉，猜測很快會有一波大升勢；
持續下跌時希望會有一波反彈，反彈一來又憧憬更上一層
樓，結果在最後恐懼拋售時成為逃生的一份子。

❽ 很多散戶都沒有自己一套的獲利模式或選股方法，於是買
入的股票都是來自朋友或專家口中的推薦和貼士，同樣是
「從眾心理」作怪，結果一下子買了 10 隻股票以上，搞得
自己手忙腳亂。

人人買「ABC」股！

我又買「ABC」股！

哪些是散戶最常出錯的手法？

❾ 對大戶的操盤方法沒有系統的認知，結果辛苦學習的基本分析、技術分析都用不上，炒股變成盲人摸象，毫無章法。運氣好時還能賺得小利，運氣不好的話就輸得一敗塗地，成為大戶口中的肥羊了。

❿ 許多散戶都有恐高症，認為股價已經上漲上去，擔心再去追漲會被套住，結果就不敢高追。事實上，股價的升跌與價位的高低是沒有必然的關係，真正的關鍵在於「勢」。在上漲趨勢形成後加入追漲的安全性是很高的，而且短期內獲利亦很大，核心問題在於如何判斷上升趨勢是否形成，而這在不同市場環境會有不同標準。比如在大牛市中，高成交量且創出新高的股票通常是好股，而在弱市中，同一情況下往往是好友陷阱，暗藏大戶派貨的陰謀。所以對趨勢的判斷能力是衡量高手水平的重要標準之一。

　　以上的 10 種現象，不知道你中了多少項呢？看完後，又會否對你的投資手法重新思考，悟出新的啟發？一個人要否定已形成多年的固有思維，就如發現暗戀多年的女生原來已有男友一樣，你要放下舊愛，是一件非常痛苦難捨的事。但若果要重生和成功，就必須不斷地否定自我，不斷學習新的知識，才能走出陰霾，走向真正的成熟！

股票投資
All-in-1

資金
管理篇

資金管理是成功的關鍵？

「打邊爐的材料雖然重要，但最緊要當然係個煲！無煲？又點打邊爐呢？」

股票投資猶如「打邊爐」，在掌握「選股」和「選時」等技巧（材料）之前，必先懂得如何運用手上資金（煲），才能有效提高實際的投資水平，第一步就是建立起正確的資金管理模式。

「想成為一名成功的投資者，就要先保全自己的資金，賺錢自然是水到渠成的事！」── 這都是投資大師們的共識，保存實力是在股市生存的最大關鍵，亦是步向成功的必然選擇。無論是新手或是經驗豐富的交易者，若能在資金管理方面謹慎操作：在出現虧損時適當止蝕；在獲取贏利後適當止賺，相信你已離成功不遠。

多數的贏家，把全年結算下來，虧蝕的次數都會大於盈利的次數，但結果總體仍是會獲取盈利，原因就是他們擁有成功的資金管理。甚麼才是成功的資金管理？就以下簡單例子作說明：

假如你要選擇參加一個賭局遊戲（total loss or gain game），每局的成本是 $10，你一共可玩 10 局。如果遊戲 A 的贏出機率是 60%，遊戲 B 的贏出機率是 40%，你會選擇玩哪一個？相信大部分人都會選擇遊戲 A……但如果再補充一些條件：每贏一次可得到多少錢呢？

如果在遊戲 A 贏一次可獲利 $10（連同成本 $10，即可取回 $20），在遊戲 B 贏一次可獲利 $40（連同成本 $10，即可取回 $50）。結果在 10 局之後，你會在遊戲 A 輸掉 $20【公式：10 x（0.6 x 20 + 0.4 x -10）- 100= -20】，而在遊戲 B 獲利 $40【公式：10 x（0.4 x 50 + 0.6 x - 10）- 100 = 40】──這就是資金管理的重要概念：勝率高未必賺，勝率低未必蝕。

資金管理主要分 3 個部分：

第 1 部分 倉位控制	當做對方向時，要確保投入足夠的資金，獲取相應的回報。理論上，開倉資金會限制在全部資金的 30~50%，但萬一我們把這 50% 都賠掉了，接下來該怎麼辦？是用餘下的 50% 把損失賺回來？還是用剩餘資金的 50%（即原本資金的 25%）再作投資？這些都是倉位控制必須面對的問題。
第 2 部分 風險控制	要在適當的時機，作出「止蝕」和「止賺」的決策。尤其當做錯方向時要及時退出，避免虧損進一步擴大。如果說沒做好投資分析就入市是「急性燒錢」，那麼沒設定好止蝕位就去買股，無疑是「慢性燒錢」了。
第 3 部分 投資組合	投資組合的概念是不把雞蛋放進同一個籃子，以分散風險，但是否分散得多，就是最佳的投資組合呢？個人認為，最重要是根據自身性格及產品本質，組合出適合自己的，就是最佳的投資組合了。

倉位控制如何進行？

倉位控制主要是考慮空倉、持倉到加碼的比例控制，通常是根據不同投資者的個人可承受風險和交易成功率決定，沒有絕對標準，但「每次下注使用不多於總資金的 30%」，都是資金管理的基礎原則。在實際交易時，我們要考慮：

❶ 定期檢查持倉量是否適當，如果發現自己精神緊張，時刻都要監察股價的行為，可能是你的持倉量太多，造成心理壓力，這時進行適當減倉為宜。

❷ 分批動用資金，以降低每次交易的風險度，如果需要加碼，最好以首批投資已獲利的前提下進行。

❸ 設定最大下單額度，在不同市況要調節每次下注的金額，即使對現況或某一隻股票充滿信心，亦不要急功近利，以 All-in 形式（重倉交易）買下，因為萬一出現狀況，往往是無法回頭，所以滿倉是投資大忌。

華爾街的名言「截斷虧損，讓利潤奔跑」，當中「讓利潤奔跑」的方法之一就是合理的加碼，讓平均盈虧的比例提高。要每次出手都能贏利是神級的層次，不是凡人可以做到，而對一般投資者來說，成功交易中最重要、最「貼地」的因素，並不是獲利概率的高低，而是控制盈利和虧損的倉位大小。

以下會介紹 3 種主要的加碼手法：

1. 均勻式加碼

建議把資金平均分成 3~5 份，即每次都以 20~30% 資金參與交易，分散至投資組合中不同產品，在虧蝕後減倉，在盈利時加倉。

首次買入	50 手
首次加碼	50 手
第二次加碼	50 手

2. 正金字塔式加碼

每次加碼都比前一注少一半（比例因人而定），例如第一次買入 100 手後，第一次加碼 50 手，第二次加碼 25 手，如此類推。

第二次加碼 25 手
首次加碼 50 手
首次買入 100 手

3. 倒金字塔式加碼

每次加碼都比前一注多一半（比例因人而定），例如第一次買入 30 手後，第一次加碼 60 手，第二次加碼 120 手，如此類推。

第二次買入 120 手
首次加碼 60 手
首次買入 30 手

概括而論，如果買入後股價節節上揚，3 種手法所獲取的盈利幅度比較：

倒金字塔式加碼　　　均勻式加碼　　　正金字塔式加碼

但如果股價的走勢反復，先升後跌，那麼三種手法的盈利情況多數會逆轉：

正金字塔式加碼　　　均勻式加碼　　　倒金字塔式加碼

倉位控制如何進行？

但即使做好每次交易金額的規律和限制，你仍是無法 100% 預測到下次的交易究竟是盈利還是虧損。從下表可以清晰看到，無論你的投資分析如何佔優，如果沒有管理好倉位的大小，虧損的可能性仍然是很高：

虧損與翻本比例對照表

虧損比例（%）	翻本需要獲利比例（%）
5	5.26
10	11.11
20	25.00
30	42.86
40	66.67
50	100.00
60	150.00
70	233.33
80	400.00
90	900.00

在每次虧損後，你要翻本需要獲利的比例亦會愈來愈大，當你虧損到 60% 的時候，你就需要獲利 150%（還沒包括手續費的成本），這成績對交易高手來說都不是易事來。

甚麼是止蝕位？

買入股票後，不代表靜靜地等待它起飛就足夠，我們仍需要持續對股票的基本面作深入的分析和研究，一旦發現出現惡性轉變，股價走勢跌幅反常，我們就要懂得及時止蝕。

止蝕的目的是停止賬面的損失，是當自己的判斷跟市場走勢相反時採取的保險措施，主流的做法是「定額止蝕法」，即設定買入價以下 3 ~ 5% 為止蝕位（視乎個人可承受風險程度而定，沒有絕對準則），或以資金比例的 5~15% 為虧損極限，是一個固定的數值，好處是簡單直接。

另一種最常用的是「平衡點止蝕法」，同樣用法簡單，適合一般投資者和新手，而短炒的投資者亦會經常用上，方法如下：

平衡點止蝕法

步驟	說明
1	建倉後根據個人資金損失承受力、或股價的技術阻力 / 支持位情況，設立你的原始止蝕位。按不同的市況，原始止蝕位可能會離開你的建倉價格 5~8% 的差距。
2	當市價向你期望的方向移動後，應盡快把你的止蝕位移至你的建倉價格，這是你盈虧平衡點的位置，即平衡止蝕位。這代表你已經有效地建立了一個「零風險」的交易系統。
3	你可以在任何時候套現你的部分或全部贏利；即使當你需要在止蝕位離場，你都不會有大額損失，最多只是蝕了少許交易手續費罷了。

「平衡點止蝕法」的目標，是讓你「不輸錢」地進行交易，而不是如何贏錢。如果你每次都能使你的損失降至最低程度，相信你離整體上的成功已不遠了。此外，平衡點止蝕都有助把你的心理調節至理想的狀態。始終股票交易是一種心理遊戲，投資者總容易被恐懼和貪婪所左右，而影響了對市場變化的客觀判斷，這方法正好讓你尋獲心理上的平衡，因為你了解到如何令自己的交易不會蝕錢，代表你已經找到一個最好的清倉位置。

設定平衡點止蝕是為了最壞的打算，如果股價買入後持續上升，且升幅已經遠離了平衡點，那麼你就要懂得上調你的止蝕位了。例如股價是以 $10 買入，股價升至 $11 的時候，你設定平衡點止蝕位為 $10；期後股價持續上升，當你見股價升至 $15 的時候，你應該要上調你的止蝕位至 $12/$13，如何調節基本上取決於市場的波動性、你的交易時間段（時間愈長，止蝕價應愈高）、支持位的情況（如果股價附近有重要支持位存在，可以考慮在支持下面一點點的地方設止蝕位），然後尋找合適的目標價套現平倉。

運用技術指標如移動平均線、MACD 和 RSI，又或圖表形態中的阻力線，都能找出股價的合理離場點，這都會在本書的後半部作介紹。總之，止蝕是風險控制的必要手段，運用的技巧都需要經驗累積，摸透股性，自然能找到合理的止蝕區間。良好的止蝕方法，為交易系統配上有效的風險管理，就如給跑車安裝上一個很好的剎車掣系統，讓投資過程更安心自如。

甚麼是止蝕位？

對大部分投資者來說，止蝕是一個很難的抉擇，最大原因是對「沉沒成本」的考慮。當人決定是否去做一件事情時，不僅是看這件事對自己有沒有好處，更會習慣地看自己過去是否在這件事上有過投入。我們把這些已經無法收回的支出，如投放在愛股身上的時間、金錢、精力稱為「沉沒成本」，而放不下「沉沒成本」的執著，就是止蝕的心理關口；正如有些人無法放手一段逝去的感情，當中的「沉沒成本」往往是對過去感情的付出，事實上，又有「多少春秋風雨改，多少崎嶇不變愛」呢？

作為一個理性的投資者，不應該在任何決策上考慮「沉沒成本」，而是要立刻起身離場，去做更有意義的事，這樣才能展開人生 / 股場上的新一頁。

甚麼是止賺位？

．．．．．．．．．．．．．．．．．．．．．．．．．．．．．．．．．．．．．

　　華爾街鐵律第一條，就是止蝕和止賺。如果說止蝕是對恐懼的中止，那麼止賺就是對貪婪的中止。事實上大部分投資者都不會為止蝕和止賺作準備，有部分甚至覺得止賺是違反人性的行為 —— 怎會有人想賺少了？金錢、女人、男人或權力，慾望是無窮無盡的，止賺的藝術更可說是通往人性奧秘的重要關口……

　　摩菲定理（Murphy's Law）認為：「如果某件事可能變壞的話，那麼這可能性將成為現實。」即使持有的股票氣勢大好，但股價不可能永遠往上升，總會有下跌的可能；止賺的目就是為獲利了結，見好就收，不要寄望賺到盡，所謂「凡事太盡，緣份勢必早盡」。

　　投資者通常可採取兩種方法設定止賺位：

我賺夠離場了！

1. 靜態止賺

　　基本上是投資者的心理目標價，設置的方法主要依賴他對大勢的理解和對個股的長期觀察，而止賺位通常是靜止不變的，當股價漲到該價位時，立即平倉離場。這方法適合投資風格穩健以及中長線投資者；而投資新手可適當降低止賺的標準，以提高操作的安全性。

2. 動態止賺

當投資的股票已有盈利時，由於股價上升形態完好、題材未盡或市場氣氛仍然樂觀等原因，投資者認為還有上漲空間，於是繼續持股，直至股價出現回落或達到某一標準時才賣出。動態止賺的設置標準有 3 個，投資者需按不同情況選用：

❶ 價格回落幅度：如現時股價與最高價相比，減少5~10% 時，立即止賺賣出。但這一定要靈活運用，如果你發現股價已經見頂，那麼即使沒跌到 5% 標準，都要堅持賣出。

❷ 股價下穿 10 天/20 天平均線：當發現股價下穿平均線時，意味趨勢開始走弱，應立即止賺獲利。

❸ 技術形態：當股價上升了一段時間，開始出現滯漲，並形成頂部形態時，就要盡快離場了。

和設定止蝕價一樣，技術指標的訊號和圖表形態上重要的阻力位，都是常用判斷止賺價位的方法。無論是止賺或是止蝕，果斷和決心都非常重要，別總想著「買在最低點、賣在最高點」的童話劇場，就算是市場的主力和大戶，都未必知道這些終極點的位置。操作上，選時比選股重要，只有嚴格執行操盤手法，包括止賺位和止蝕位，你才可以享受辛苦選股後所帶來的成果。

如何建立投資組合？

投資組合是用來降低投資風險的方法之一，不同的股票，其潛在風險和收益都有不同差異。建立組合的目的，是以分散投資的方式以達至分散風險的效果，讓投資者不至於因風險過大而產生難以承受的損失。以下介紹 4 種投資組合的方式：

❶ 不同金融資產的組合：不同金融產品會帶來不同的收益水平，所以要承擔的風險大小也不一樣。

以風險角度看：銀行存款 < 債券 < 股票

以收益率看：銀行存款 < 債券 < 股票

一般來說，風險愈高的金融產品，其收益率亦會愈高，投資者如果將資金按一定比例分別投放在不同產品之上，將可以有效地控制風險之於自身的承受能力，同時又盡可能地獲取最大收益。當然，投資組合的比例是因人而異的，能夠承擔較大風險者，股票的比例可以高一些；不願承擔高風險的，銀行存款和債券的比例就需要高一些。

❷ 不同行業或企業股票的組合：這種組合的好處是，一旦某一行業出現不景氣，投資者亦不至於全軍覆沒，遭受巨大損失，因為他還可以從其他景氣較好的行業或企業的股票中獲得較好的收益。

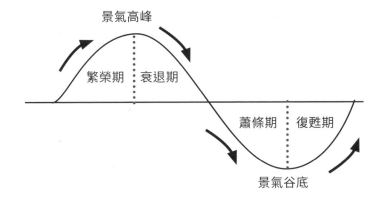

事實上大部分行業的盛衰都有一定的周期性，而且各個行業的周期性並不同步，有些行業走向衰退期時，另一行業可能正步入繁榮期。同時，在經濟生活中總是存在許多不確定因素，一些突發的黑天鵝事件，例如：新的替代產品出現、國家政策轉向等，都可能使某些行業迅速發展或萎縮，何況在現今激烈的市場競爭中，任何企業都很難做到歷久不衰。由此可見，將資金集中在某一行業或某一企業，都是頗大的風險。

❸ 不同區域股票的組合：由於不同區域在政策、稅收、市場條件等各方面都有一定的特殊性，會對當地企業發展產生不同影響。以中國為例，由於地大物博，地區之間的經濟發展差異都頗大，所以國家政策的發展重點都會有不同的調整，有些地方的股票收益高但風險大，有些地方的股票則可能比較平穩。對於把不同區域的股票放在組合之中，都能充分地利用各地的有利條件，分散投資風險。

如何建立投資組合？

❹ 不同目標股票的組合：簡而言之，就是選擇一部分穩定發展的公司股票作長線投資，再選擇一部分迅速成長的公司股票作中線投資，另外還會選擇一部分股價波動較大的股票作短線投資。很明顯，長線投資的股票風險較少，但收益都會較少；而短線投資的股票風險就較高，但收益同樣會較高。如果我們將資金按一定比例投放在以上三類股票，投資者一方面不至於承擔過大的風險，同時又不失一定的靈活性。

哪一類投資組合適合你？

請設定你的投資組合：

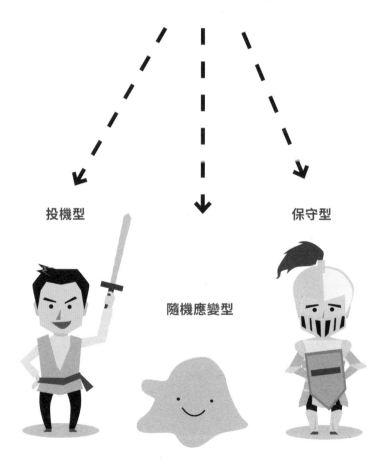

投機型

隨機應變型

保守型

知道投資組合的種類後，下一步就要按照自己的性格取向，選出一套適合自己的組合了，以下是 3 種常見的投資組合技巧：

❶ 保守型投資組合

資金分布	將 70% 資金購買高息股，並將 30% 的資金偶作投機性的短線操作。
目標	組合以較高股息的股票作為軸心，由於將資金投向具有較高股息的股票，在經濟穩定增長的時期，能夠獲取較好的投資回報，即便股市下跌，仍能夠領取可觀的股息、紅利作被動收入。
解釋	這組合主要適宜在經濟穩定增長的時期採用，但在經濟結構轉型期與衰退期時就要謹慎使用。 原因是，原先投資價值較高的股票，有可能由於經濟結構轉型和不景氣，使股票公司獲利大幅度降低，甚至是轉盈為虧，這樣會使所持股票的價值大幅下降，投資者容易蒙受損失。

❷ 投機型投資組合

資金分布	將 70% 資金購買股價波動性高的股票，並將 30% 的資金買進其他穩定的股票，或為準備再做追價與攤平用。
目標	組合以股價起落較大的股票作為軸心，投資者通常以「見升搶買，見跌即賣」的追價方式為買賣原則。由於這種投資方式的買賣進出較為敏感，所以經常能在股價上漲之初，買到日後漲幅很高的黑馬股，給投資者帶來可觀的差價收益；而見跌即賣的結果，也能使股價持續下跌時，不至於虧損太多。
解釋	如果投資者的判斷正確，這種組合往往比其他組合收益更大，但萬一判斷失誤的話，當剛追價買到某股票時，股價就大幅下跌，或者剛追價賣出，股價就迅速上漲，這又會極度容易打擊投資者的錢包。 此外，頻繁的入市出市都需要累交相當高金額的手續費，因此操作成本十分高昂。所以投機型投資組合不適宜股市新手，中小額投資者亦應謹慎使用，量力以為。

哪一類投資組合適合你？

❸ 隨機應變型投資組合

資金分布	1. **市場看好時：**高息股 40%，投機股 40%，債券或現金 20%
	2. **市場看跌時：**高息股 10%，投機股 10%，債券或現金 80%，投資者可根據實際市場變化，隨時調整比例。
目標	當判定大市向好時，將大部分資金投放在股票上；而認為股市走向是看跌時，則將大部分資金購買風險較少的債券，或持有現金以待買入時機。
解釋	這組合的好處是具有機動靈活性，投資者能適應市場變化的特點而轉身進行調配。當然，使用這組合的前提是，你需要有良好的判斷市場能力。

可以減低「坐艇」的機會嗎？

股市場上，從來都是「入市容易，出市難」，無論甚麼市況，都會有一批「坐艇」的股民存在。所謂「坐艇」，即是被股票套牢，意指投資者買入股票後，股價隨即下跌，如果用現價賣出，就會蝕錢，於是只好繼續持有股票，直到股價有機會回升為止。很多人都會以「長線投資」作為「坐艇」的藉口，但這根本是兩碼子的事，不可混為一談。要防止「坐艇」，投資者應做到以下 3 點：

1. 分批賣出

如果你擔心賣出後股票仍會大升，於是猶豫出貨的話，我會建議進行分批賣出的方法，例如先賣出 2/3，保留 1/3，那麼即使股價其後回落被套，也只是小部分資金，之後還可以將大部分資金解放，投資到其他股票上。

2. 嚴格遵守止賺和止蝕機制

永遠不要指望能在最高點賣出股票，當股價上漲到一個合理價位或止賺價時，就要堅決出貨，別貪圖小利，渴望會更上一層樓；如果股價急回，並跌至設定好的止蝕價時，要堅決出貨，否則愈套愈深。

3. 大勢轉弱，果斷撤退

即使成績有多優秀的股票，股價趨勢總會有轉弱向下的一天，因此必須做好隨時撤退的準備。與愛股分手的時候一到，就要勇敢及乾淨俐落地賣出，忘記持股期間，股價飛漲時所帶來的快感。分手是為了更長遠的未來，撤退下來的資金是用於保存實力，更可用來在低位作回補，隨時再續前緣。

萬一「坐艇」，該怎麼辦？

如果你買入股票後股價狂跌，並遠遠低於你的買入價，同時又錯過了逃頂撤退的最佳機會，很抱歉，你已經正式「坐艇」了。對於被套牢的股票，通常，只要你夠耐性的話，長期持股，終會等待到股價回升的一天。但對一些積極進取或心急套現的投資者來說，還是可以採取一些行動：

1. 調整投資組合

任何市況總會有賺錢的機會，許多熱門股在大市整體走弱的情況下，都會發生大幅度的回調，所以「坐艇人士」應先冷靜審視所持有的股票，看看哪些是有逐步回升的潛力，然後把有潛力的留下來。如果發現市場上有其他潛力股，可先賣出部分被套的股票而買入潛力股。如果選擇得當，短時間內就可以從新買入的股票上獲利，以抵銷割蝕舊股的損失。

2. 敢於在反彈浪中撤退

雖然被套住的股票暫時無法回到你的買入價，但股價走勢並非一味下降的，當股價達到一定價位穩定後，仍會隨大市上下波動，這時有機會出現可觀的反彈升幅。投資者應好好把握這段時機，想像自己是在低位買進這隻被套的股票，以平常心作正常的買賣操作，在階段性的高點出貨，將損失減至最低。

3. 在下跌趨勢回穩後補倉

當你選擇買入一隻股票時，如果有進行正確的投資分析，你一定有支持買入這隻股票的客觀理由；如果你「坐艇」後，這個理由依然存在，同時你亦相信它會回升的話，你絕對可以大膽地在低位積極補倉。但在低位補倉時，你不能在下跌途中一路買進，只能當股價下跌趨勢回穩，開始形成底部時，才可以進行補倉追漲的動作。

4. 不要在回升至買入價時，急於賣出

很多投資者在長期等待後，終於望見「家鄉」，於是不管股價走勢，為求心安理得，急忙地賣出股票，但這做法其實是極不可取的。股價是沒有絕對的高價和低價，低處可以未算低，高處都可以未算高，全乎市場人心的取態。如果投資對你來說只是「等待解套」的玩兒，你將很難在股市上有所收獲，只能停留在「買股坐艇」的惡性迴圈之中。

「買入、被套、解套、獲利」，是投資者常規四部曲，所以當你被套後千萬不要焦急或甚麼都不做，而是要冷靜下來分析持有的手牌以及市場局勢，在等待中尋找機會；時機一到，就要果斷地作出撤退或補倉的措施。長期發展下去，你終可走到最後的「獲利」階段。

換股前
要注意甚麼地方？

　　萬一股票被套住，只要在適當時候作出換股的決定，都未嘗不是逃生的辦法。作出換股決定前，最好掌握以下 5 個重點，才能提高反敗為勝的機會：

1. 從大勢入手

　　我們必須了解大勢的情況，例如：要確定大市正在平穩上漲，而打算換走的股票明顯處於下跌趨勢，且打算換入的股票價格離底部不遠，當以上的情況都具備了就適合換股。萬一大市正在處於下跌通道，那麼即使換股，恐怕都未必有助扭轉劣勢。

2. 成交量不宜過多或過少

　　當股價升得過快，但同時成交量過大時，可能是主力獲利回吐的表現，股價或隨時見頂，這時不宜換入；但當有個股成交量過小，同樣也不宜換入，因為這代表市場沒有足夠買盤去推動股價上升。

3. 留強換弱

　　換股的大原則是放棄弱股，換入強股，所以我們需要密切關注主流板塊和熱點板塊的個股，根據行情，賣出手中持有的非熱點的弱勢股，買入目前屬於強勢板塊的熱點個股，尤其是一些有價量齊升的個股。

4. 待機而動

當你賣出弱股後，如果無法立即在市場上找到合適的強勢股，請不要急於入市，因為賣出的最佳時間未必是買入的最佳時間，請耐心等待適當的時機才行動。

5. 一次性換股原則

跟結交女朋友一樣，換畫換得多，經常換股只代表你選股思路混亂，操作原則輕率，結果只會帶來更多失誤和麻煩。況且換股換得多，手續費的成本就愈高，變相縮少了未來的利潤空間。所以投資者還是堅持一次性換股原則好了。

股票投資
All-in-1

宏觀
因素篇

國家經濟數據如何影響股市？

要達到「高回報、低風險」，就要認真分析對股市有影響的各項因素，首要的一環就是對宏觀經濟進行全面的研究，因為這項因素對股市的影響最大。

現代的經濟金融市場與人類生活的關係，已經是形影不離，互相依賴，因此宏觀經濟的影響力不僅是根本性，更是全局性。

從各國股市發展史來看，除處於仍未成熟階段的新興市場外，每一次牛市都是以宏觀經濟向好為背景，反之，每一次熊市均是因為宏觀經濟發展轉弱或衰退所造成。

以下列舉 8 項經常在新聞看到，同時又影響著股市的宏觀經濟因素：

國民生產總值（Gross Domestic Product, GDP）

- GDP 代表了一國的經濟規模表現，其對上一季的增加率稱為經濟成長率，是判斷經濟局勢的重要指標。

- 當 GDP 增長快，代表整體經濟發展較快，大多數企業的經營狀態良好，利潤率亦會上升，於是引起投資者對股價看好，此時可以買入股票。相反，如果 GDP 增長轉慢或出現負增長，則對股市產生消極影響，此時應以保本為目標，對股票作出適當的減持。

消費者物價指數（Consumer Price Index, CPI）

- CPI 是與居民生活有關的產品及勞務價格統計出來的物價變動指標。

- 當 CPI 不斷攀升，就會出現通貨膨脹的現象，但通脹對股價的影響基本上是沒有絕對的定式，這會在「通貨膨脹是『古惑的槍』？」一文探討。

採購經理人指數（Purchasing Managers Index, PMI）

- PMI 是量度製造業及服務業在新訂單、產品價格、存貨、員工、訂單交貨、新出口訂單和進口的經濟領先指標。

- 指數以 50 為分水嶺，高於該水平，代表行業正在擴張，而低於該水平就處於萎縮的狀態。PMI 高，利好工業股和航運股等周期股，同時 PMI 亦為央行決策的指標，因此對金融股、保險股等亦十分重要。

貿易收支

- 貿易收支是指一個國家從國外收進的全部貨幣資金，和向國外支付的全部貨幣資金的對比關係。

- 收支相等是國際收支平衡，收入大於支出是貿易收支順差，支出大於收入是貿易收支逆差。保持國際收支平衡，是國家經濟狀況穩定的表現，因此會直接影響市場氣氛及國家經濟政策的取向。

國家經濟數據如何影響股市？

財政指標

- 當中包括財政收入和財政支出，是直接反映國家政府財政狀況的指標。

- 財政收支平衡是最佳的狀況，如果國家財政支出大於財政收入，則是財政赤字。財政赤字原因有許多，有的是為了刺激經濟發展而降低稅率或增加政府支出，有的則因為政府管理不當，引起大量的逃稅或過分浪費。中央政府通常會以發行公債的方式來彌補財政赤字，但長遠而言，這對國家穩定發展和股市行情都有不良影響。

貨幣供應量

- 貨幣供應量有 3 個定義，分別是 M0、M1 及 M2：

  M0 = 發行貨幣的總供應量

  M1 = 商業銀行活期存款，稱為狹義貨幣供應量

  M2 = M1 + 定期存款與活期存款，稱為廣義貨幣供應量

- 貨幣供應量的高低代表著股市的資金動能，其中以 M1 與股市關係最密切，當 M1 年增長率上升，代表金融市場資金充裕，多餘的民間游資會流向股市，帶動股市上揚。

匯率

- 世界各國貨幣的幣值不一，為方便貨物及服務交易，一國貨幣對其他國家的貨幣需要規定一個兌換率。

- 匯率代表國家／地區的貿易競爭力。當本地貨幣升值時，將有利進口商，不利出口商；反之，當本地貨幣貶值時，將有利出口商，不利進口商。

- 如市場預期本地貨幣持續貶值，投資者會擔心本地貨幣的資產會縮水，於是將資金匯出本地，造成資金外流，間接影響本地股市的資金動能，使股市下跌；反之，當市場預期本地貨幣持續升值時，外地投資者會紛紛爭購本地貨幣，造成資金流入，促進本地股市上升。

利率

- 利率是貨幣的借貸成本，通常由貨幣發行者中央銀行控制，是貨幣政策的重要工具，詳情會在「加息定減息，老是常出現？」一文探討。

- 利率亦與貨幣的匯率強弱有關。當利率強，即持有本地貨幣的利息收益增加，貨幣吸引力大增，匯率便相對其他貨幣轉強。

國家經濟數據如何影響股市？

要找出以上的眾多數據，可到以下網站查詢：

全球經濟指標數據：https://stock-ai.com/Economic

通貨膨脹是 「古惑的槍」？

　　貨幣在市場的發行量是有限度的，當超過商品及勞動等流通需要時，通貨膨脹（下稱通脹）就會發生。但通脹對股價的影響其實是沒有絕對的定式，它可能會同時產生相反的方向，所以必須具體分析當時出現通脹的原因、通脹的程度，配合當時經濟局勢，以及政府可能採取的干預措施等方向入手。

　　以下是一般性的原則作簡單說明：

❶ 溫和及穩定的通脹對股價影響較小。

❷ 如果通脹在一定可容忍的範圍內持續，而經濟同時處於擴張階段，產能和就業都持續增長，那麼股價也將持續上升。

❸ 嚴重的通脹是非常危險的，後果可能是經濟結構將被嚴重扭曲，貨幣加速貶值，這時人民會傾向囤積商品或購買房屋以作資金保值。

　　這時會有兩方面影響股價：第一，資金流出金融市場，引起股價下跌；第二，經濟扭曲和失去效率，企業一方面籌集不到必需的營運資金，同時，原材料、勞務價格等成本飛漲，痛擊企業經營，盈利嚴重下滑，甚至倒閉，更有可能出現骨牌效應，牽連其他中小企業。

股市升？股市跌？

❹ 政府往往不會長期對通脹坐視不理，因此必然會採取宏觀經濟政策工具去抑制通脹，這些政策就會影響經濟運行，例如將改變市場資金流向和企業營運利潤，從而影響股價。

❺ 通脹期間，商品價格和工資的相對變化，將引起財富和收入的再分配，甚至扭曲產量和就業，結果就會出現某些公司從中獲利，另一些公司失利的情況。與之相應的就是獲利公司股價上漲，失利的公司股價下跌。

投資者能否對通脹作出合理的判斷是相當重要，而最簡單的方法當然是關注消費者物價指數 (CPI) 的走向。通脹主要分兩階段：

通脹階段	現象
前半階段	由於貨幣供應迅速擴張，社會的供給資金相當充裕，經營規模擴大，產品產值倍數上揚；同時，消費者要面對貨幣貶值的壓力，於是搶先購物保值，社會需求量自然節節上升，股市利好信心亦大增。
後半階段	當預期的價格上升幅度過火，同時投資成本升幅亦過大，消費者就會開始苦於物價過高而不再購物，不再擴大消費額度，市場的供需均勢就會逆轉，宏觀經濟步向蕭條，股市已開始乏力，出現回落。

經濟周期跟股市一脈相連？

宏觀經濟的因素眾多，要全部都兼顧相信不是易事，然而，這些因素對股市的綜合作用仍是有跡可尋——以下就是經濟景氣周期運動，與股市周期運動之間的關係：

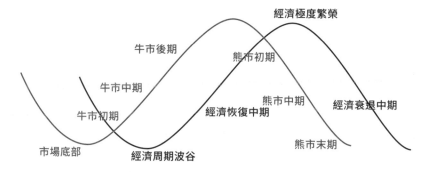

以上圖表描繪了股價波動與經濟周期相互關聯的一個輪廓，並提供了以下 3 點啟示：

❶ 經濟是一種周期性運動，股價伴隨著經濟相應地波動，但股價的波動永遠超前於經濟運動，股價波動是永恆的。

❷ 收集有關宏觀經濟資料和國家政策訊息，隨時注意經濟發展的動向，正確把握當前經濟發展是處於經濟周期的哪個階段，有助對未來股市作出準確判斷，切忌盲目從眾。

❸ 把握經濟周期，認清經濟形勢，不要被股價短期的「小漲」、「小跌」誘導，而追逐小利或回避損失。

階段	情況
股市 見底回升	既然股價反映的是經濟形勢的預期，因此股市的表現必定領先於經濟的現實表現（除非預期出現偏差）。 當經濟不景氣時，投資者已遠離股市，每日成交稀少。此時，那些有眼光、且有做足正確投資分析並作出合理判斷的投資者，其實已默默吸納股票，所以股價正緩緩上升。
股市 開始見頂	當愈來愈多投資者認同經濟環境不斷改善時，股市將日漸活躍，需求不擴大，股價不斷攀升，更有大戶開始借利好的經濟形勢「起哄」，散戶被利好和樂觀的從眾心理驅使，自然極力「捧場」，使股價屢創新高。 但同時，有部分有識之士認為經濟將不會再創高潮時，於是早已悄悄地出貨。所以股價雖然仍在上漲，但供需力量卻逐漸發生轉變。
股市 開始下跌	當經濟形勢被更多投資者認識後，供求趨於平衡，直至供過於求時，股價便會開始下跌。 而經濟發展按照人們預期走向衰退時，與上述相反的情況便會發生，大家按圖推敲，在此不多描述了。

加息定減息，
老是常出現？

政府為應對經濟周期及通脹所帶來的經濟變化，往往會利用利率政策作調控，而「加息」和「減息」就是最常用的操作方向。

在景氣好的時候，政府為避免市場過熱，造成物價飆升和通貨膨脹，會以加息降溫，讓資金的成本增加，緩減物價上揚的速度；反之，在景氣差的時候，政府為避免通貨緊縮發生，於是會以減息讓資金的成本下減，提高民間消費及投資的意欲。

香港股民大多關心美國聯儲局加息與否的新聞，由於主流理論認為，利率下降（減息）時，股市就會上揚；利率上升（加息）時，股價就會下跌。因此，利率的高低和變化，都成為了投資者買賣決定的重要依據。

利率對於股票的影響，大致可分成 3 種途徑：

影響地方	原因
股票市場	當利率上升，一部分資金可能會從股市流向銀行儲蓄和債券，從而減少市場上的資金供應和股票需求，股價隨之下跌。 反之，當利率下降，股票市場的資金供應增加，股價就會上升。
上市公司	利率的變化會影響上市公司的經營狀況，繼而影響公司未來的估值水平。例如貸款利率提高會加重企業利息的負擔，令盈利減少，進而減少股票分紅派息的水平，結果股價必然下跌。 相反，貸款利率下降會減輕企業利息負擔，降低經營成本，提高盈利能力，增加股票的分紅派息，股價亦會有所上升。
股票內在價值	根據價值投資的觀念，股票資產的內在價值，是由資產在未來時期中所產生的現金流決定，所以股票的內在價值與一定風險下的貼現率呈反比關係。如果將銀行同業拆息作參考貼現率，則貼現率上升必然導致股票的內在價值降低，股價亦會相應下降；反之，當貼現率下降，股價亦會上升。

要注意的是，以上的途徑變化是有滯後性的，例如利率對企業經營成本的改變，是需要一定時間運轉，所以要等待一段較長時期才會體現出來。

而就中長期而言，利率升降和股市漲跌亦不是簡單的反比關係，亦即是說，中長期的大市走勢不僅只受利率走勢影響，同時對宏觀經濟因素或非經濟因素也很敏感，如果以上因素的影響力大於利率對股市的影響力，大市走勢就會跟利率的中長期走勢呈同步關係了，就如 1992~1995 年期間，美元加息周期，美股依然走高，其根本原因是經濟增長的影響大於加息的影響。

以下官方網站可找出相關國家利率變化的數據：

內地人民銀行：http://www.pbc.gov.cn/

加息定減息，老是常出現？

美國聯儲局：http://www.federalreserve.gov/

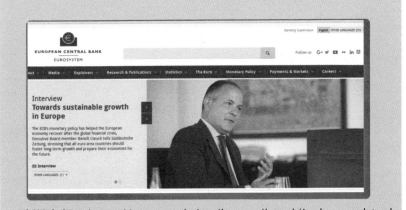

歐洲央行：http://www.ecb.int/home/html/index.en.html

美匯、美股和油價的新三角關係？

自從 2008 年金融海嘯後，美國聯儲局實行了三次量化寬鬆政策（QE），雖然救了自己國家，但帶來的副作用卻要全球一同承擔。由於 QE 使資金到處流竄至其他股市，所以美聯儲局（Fed）一旦加強加息力度、回收美元，勢必造成資金回流，到時全球股市大缺水，股市又怎可能不跌呢？因此，即使近年的升息速度有所減慢，仍阻不了美元強勢的升值趨勢。

說起美元，就不能不提石油。石油是人類的重要資源，與人民生活息息相關，汽車、紡織、石化、化工等皆與石油供應有關，所以油價升跌直接反映著企業對原油的需求，如果油價跌至過低水平，代表大多數投資者對未來全球經濟的前景看淡。

至於美元與原油的關係，除了油價是以美元計價外，美國本身就是世界需求原油量最大的國家，所以美元升值，會直接造成油價的下挫。

從近年美元強勢和油價持續下跌可見，全球經濟普遍不景氣，直接影響美股的表現：

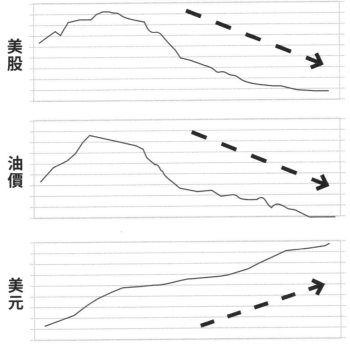

美股

油價

美元

2014 年第 4 季~2016 年第 1 季走勢

債券是股票的替代品？

　　債券和股票都是企業為籌集資金而發行的金融工具，兩者同樣可以在交易市場上透過自由買賣賺取差價，以及在持有期間獲取利息收入，是主流的投資工具。以下會說明債券和股票本質上的分別：

債券	股票
國家和企業都可以發行債券。	只有股份制的企業才可發行股票。
利率在購買前已定好，到期就可以獲得固定利息，毋須理會發行債券的公司經營獲利與否，收益風險方面比較穩定。	購買股票不一定包有股息，而股息的多少一般跟公司盈利有關：盈利愈多，股息愈高；盈利愈少，股息愈少，甚至沒有股息。
債券到期可回收本金，同時持債者無權過問公司的經營管理。	股票無到期日，只要公司一日存在，持股者一日都是股東，且有權直接或間接參與公司的經營管理。
萬一公司破產，債券持有者享有優先於股票持有者對企業剩餘資產的索取權。	萬一公司破產，股票持有者會由清盤程序，決定他們可否取回任何款項及相關的數額。

債市 VS 股市

相比股票，債券的收益率雖然有所不及，但風險就比較低；而投資者對兩種工具的選擇傾向，就造成了股市和債市的互相影響。那麼債市與股市是正相關還是負相關呢？

答案是視乎債券的種類。高收益的新興市場債及公司債會呈現與股市比較正相關的走勢，而歐美的政府公債則比較近似於負相關。原因在於，當景氣差的時候，高收益債券的發行公司或國家可能倒閉或財政困難，會有收不回錢的可能，風險的上升導致債券價格的下跌；而歐美政府的公債雖然利率較低，但基本上可說是零風險（除非整個國家沒有了）。當經濟環境不好時，熱錢就會由股市流入債市避險，債券價格自然上升，所以當債市轉牛，往往是股市轉熊的時候。

利率 VS 債券價格

　　另一方面，我們亦要留意利率和債市的關係。由於發行的債券到期日和票面利率是固定不變，當銀行利率上升時，意味著市場的無風險利率上升，因此資金會從債券流向銀行，在供求關係下，債券價格自然會回落，所以債券價格基本上和利率呈反比關係。

債券是股票的替代品？

殖利率 VS 債券價格

下一步，我們亦要認識殖利率和債市的關係。殖利率是指債券持有至到期日期間的投資報酬率，由於在持債期間市場仍會有不同的波動，投資者從不同時間點買進債券，其實際的交易價格多數與票面價格不同，但到期時投資者仍會收回等同於票面價格的價值。因此投資債券的實質報酬率，除了包含定期可領到的利息收入外，還包括了潛在的資本盈虧。

上面提過，債券價格和利率是呈反比的關係，所以當利率下降時，債券價格就會上升，代表新投資者要以高於面額的價格買入債券，即成本提高了，所以殖利率（實質報酬率）就會下降，因此債券價格和殖利率是呈反比關係。

綜合以上各項結論，美債的殖利率和股市的走勢往往是同步，即殖利率愈低，股市多數會愈差。「美國 10 年期公債殖利率」普遍被市場認為是零風險利率，是預測股市動向的重要指標，而當其殖利率跌至 2% 以下水平時，往往是股市轉熊的警號。

非經濟因素 都會影響股市？

上幾篇文章已介紹過幾種常見的宏觀經濟因素，如何影響股市的走勢。除此之外，在全球一體化的大趨勢下，股市波動的相關性其實已不限於經濟層面，我們亦應多留意一些非經濟因素對股市的影響，以下會從 4 方面作介紹：

❶ 政治因素：這包括國內外的政治形勢，如政治活動、政局
變化、國家領導人的更替、國家或地區爆發戰爭和軍事行
動，其中政局突變和戰爭爆發對股價影響巨大。國家經濟
政策和管理措施的調整，都會直接影響企業的外部經濟環
境、經營方向、成本、盈利等方面，自然會造成股價波動。

政治因素	影響
戰爭	戰爭的出現直接影響經濟及股市的環境，例如當年的海灣戰爭就對美股帶來巨大的影響。
國家領導人的言論和行動	國家政治的決策主是受領導人言行所推動，例如國家領導人之間的對話，往往成為投資判斷市場的重要考量。
國家重大社會經濟發展戰略出台	國家重點扶持和發展的產業，其股價往往會被推高，而受國家限制的產業，股價就會下降。
國際重大政治事件	近年在國際間發生的恐怖襲擊，造成人心惶惶，都會影響投資者的情緒和投資意欲。而美國總統大選的不確定性，同樣會造成環球股市的波動。

❷ 文化因素：一個國家的文化傳統在很大程度上決定著國民的儲蓄和投資心理，從而影響股市資金流出流入的格局，進而影響股價。一般而言，文化素質較高的投資者的買賣決策會較為理性，如果投資者的整體文化素質較高，則股市會相對穩定；相反地，如果整體文化質素偏低，當地的股市就很容易出現暴升暴跌的情況。

❸ 法律因素：在法律不健全的股票市場，由於規範不足，所以會更具投機性，市場震盪會比較劇烈，漲跌無序，人為操縱成分大，不正當交易亦較多；反之，在法規體系完善，制度和監管比較健全的股票市場，證券從業員的營私舞弊機會較少，股價被非法人為操縱的情況亦不多，所以股市表現會相對穩定。

❹ 自然因素：如發生自然災害（例如地震），相關的生產經營就會受到影響，導致某些股票會出現價格下跌；反之，如當地災區進入恢復重建的階段，由於投入資金大量增加，相關物品的需求倍增，所以某些股票的價格就會上升。即使天災的發生並沒有可預見性，但投資者只要追蹤政府的救援工作及災區的重建發展方向，相信亦不難找到合適投資的股票。

非經濟因素都會影響股市？

關於自然因素對股市的影響，舉一個大家最印象深刻的例子，在 2003 年「非典型肺炎」（SARS）爆發期間，中國及香港的零售、旅遊酒店、食品及飲料、房地產，以至銀行等行業，由於受到投資者的恐慌性拋售股票，這些行業的股價都受到嚴重打擊，而宏觀經濟的趨勢亦持續向下。但同一時間，由於醫藥板塊同時受到 SARS 概念這一題材帶動，曾一度受到投資者青睞，股價反而節節上升。

股票投資
All-in-1

選股
策略篇

測試你對愛股的認識有多深？

大多數投資者都會絞盡腦汁研究怎樣賺錢，卻忽略對購買的股票作深入的研究。每位投資者在下注前，都應該冷靜審視一下自己的決定，最穩健的做法就是根據公司的長期前景來投資，而不是靠撞彩數來選擇股票。

當你已經有心儀的公司，在決定投資該公司股票前，請問一問自己以下 8 條問題，看看你究竟認識它有多深：

1 這間公司是如何賺錢的？

2 利潤是從何而來？

3 與行業同類公司比較，經營情況如何？

4 宏觀經濟環境對公司有甚麼影響？

5 有沒有其他不確定因素影響公司？

6 公司管理層能力如何？

7 公司股票的真正價值怎樣？

8 你認為自己能長期持有這股票嗎？

1. 這間公司是如何賺錢的？

你可以透過公司的年報，詳細了解它的業務結構，以及每一項業務的銷售和收益數據，從中我們要回答最關鍵的問題：這些收益可否轉成投資者手中的現金？

對股東而言，最重要的就是實實在在的現金，無論是以分紅或是再投資的形式再次投資入公司營運，都有助推動公司股價上漲，做法包括：

- 查看年報中的現金流量表，看一看當中的「經營現金流量」（Cash Flow from Operations, CFO）是正數還是負數？

- 比較過年 3~5 年的現金流數量，是增長還是減少？

- 淨利潤與現金流有否互相矛盾的地方？如有，就可能表示公司有意誇大賬面利潤，這對股東是毫無益處。

2. 利潤是從何而來？

　　根據會計原則，在一筆現金確確實實到賬前的很長時間，公司都可以將其計入「銷售收入」一欄，所以投資前必須注意，這可能會大大影響你打算購買該股票的價格。但當然，這都可以從公司遞交的收益報告中查找到真正情況。你亦要注意一些銷售收入增長快速的公司，如果你不清楚增長的具體原因，就要小心提防了。

　　另外，有些公司每年平均都會收購好幾間公司，其動機可能是管理層希望滿足市場短期的預期，於是將數間原本獨立的公司利潤整合在一起，砌出一盤「靚數」。但從長遠角度看，如果胡亂將數間公司東併西湊，將可能要付出沉重的代價。

3. 與行業同類公司比較，經營情況如何？

　　可以透過分析銷售數據，去判斷公司的競爭實力，想知道一間公司是否比同類其他公司出眾，最好的方法就是比較它們之間的每年收入數據：

- 如果是處於高增長行業，這間公司的銷售增長速度與對手相比如何？

測試你對愛股的認識有多深？

- 如果是處於成熟的行業，過去幾年的銷售狀況是否比其他對手理想？尤其要注意新競爭對手的業績。

在對比同類公司的時候，別忘了比較成本問題。以通用汽車和福特汽車為例，由於它們都背負著退休員工的養老金及醫療保險，這些沉重的開支都使得他們面對豐田和本田等外國對手競爭時，處於非常不利的境況。

4. 宏觀經濟環境對公司有甚麼影響？

不少行業的股票都受到周期性經濟的影響，例如在不景氣的時候，由於許多公司都會減少廣告開支、報紙或雜誌頁數亦會減少，所以這時候的紙業股股價都是相當低廉。

同時要關注利率對甚麼公司有重大影響，例如利率大幅下調，可能會促進人民借貸投資物業，結果地產股就有極大的利好因素。

另一個要考慮的重要因素，是公司處於該行業的競爭程度。價格戰基本上只是對消費者有好處，卻會使公司利潤迅速下滑。由於競爭對手太多，無法把銷售量提高很多，於是想搶獲更高市佔率的公司，就必須有比其他對手強得多的成本優勢，亦即是所謂的「燒銀紙」。

5. 有沒有其他不確定因素影響公司？

我們要猜想一下該公司未來可能遇到最糟糕的狀況，例如某間公司的營業額是非常依賴某一位大客的關照，萬一這公司突然失去了這客戶，業績就可能會大幅倒退。

6. 公司管理層能力如何？

就一個局外人來說，要評估一間公司的管理層素質與能力絕非易事（除非你有時間親身參與每次的股東大會）。最簡單的方法，就是翻查一下歷年來該公司年報的「願景前瞻」，看看管理層所發表的訊息和經營理念是否始終於一，還是經常變換策略，或將公司經營不善歸咎於外因。如果是後者，就必須避開買進這隻股票，因為出色的投資者必須堅持自己的投資策略，朝令夕改的處事方式勢必無助公司的長遠發展。

測試你對愛股的認識有多深？

7. 公司股票的真正價值怎樣？

衡量一間公司價值的最快捷方法，就是比較市盈率（PE）。通常的原則是，如果該公司的市盈率是高於 30 倍，除非它是處於高增長的行業，否則建議不沾手比較好。原因是投資者要從這類公司獲利，回報就必須較整體市場價值高 50%，這絕對不是容易的事。如果你是用明年和後年的預期收益去計算市盈率，那更要緊記得出來的數據只是一種預測而未必是未來的事實。

下一步你就要審查一下年報中的現金流量表，看看經營是否帶來正數的現金流；如果是負數的話，即使該股的股價仍然持續上漲，但恐怕這只是錯價行為的結果，股價將很快回歸到現實狀況。

8. 你認為自己能長期持有這股票嗎？

投資者最容易遇上的狀況就是「高買低賣」，即使已經做好基本分析，找出心儀的優質股票，卻很容易被短期的股價波動影響買賣決定。當你回答完以上 7 條問題，並確認你選擇的是好股票後，請堅定地持有它，無懼市場變改，你都要清楚知道自己是為長遠的經濟利益而進行投資，而不是博傻或賭博。

財務報表的數據要全部用上嗎？

　　要了解一間公司的業務狀況和發展，最直接的方法就是從財務報表認識它。但很多人會覺得財報實在太專業了，要花很長時間去看，看完後覺得有用的資訊又太少，結果滿腦子都是數字，但最終卻對選股的幫助不大。無可否認，研讀財報是一件費時又費力的事，尤其對上班的散戶來說，更加是苦差中的苦差，所以筆者精選了以下指標，讓生活忙碌的你，快速掌握財報中的內容！

財報必讀 6 大指標	
1 主營業務利潤 同比指標	主營業務是公司的支柱，如果同比增長上升 20% 以上，代表成長性良好；如果下跌超過 20%，代表主營業務走下坡，公司基本面有變壞傾向。
2 淨利潤 同比指標	如果淨利潤同比漲幅超過 20%，一般都是成長性好的公司，可以重點關注；如果同比跌幅超過 20%，則要對該公司警惕了。
3 利潤分配	好公司一般都會是淨利潤與主營業務利潤同步增長，如果淨利潤增長 20% 而主營業務收入下滑，說明利潤增長主要靠主營業務以外的收入，投資需查明收入來源，確認是否有新的利潤增長點，以判斷公司未來的發展前景。

4 主營業務利潤率	主營業務利潤率 = 主營業務利潤 / 主營業務收入 這指標反映公司在該業務的獲利能力和效率。如果一間公司的收入增長高但利潤率低，則代表獲利效率偏低。
5 現金流	公司經營的現金流反映了企業在會計年度內，與經營相關的現金流入和流出，是企業收益質量的重要指標。 每股收益高的公司如果有高現金流支持，通常會有助形成良性循環。如果每股經營性現金流量淨額遠高於每股收益，則說明公司整體的利潤質量良好，投資者要重點關注。
6 股東分布	在公司公布的主要股東所持股份份數中，可以大致判斷出該股是不是有機構投資者、基金持有；如果該股處於低價區，又被基金重倉，那麼它在後市發圍的機會應該不大。

要獲取上市公司的財務報表，可直接到「港交所披露易」網站按上市公司名字或登記號碼查詢，非常方便：http://www.hkexnews.hk/index_c.htm。

如何活用
巴菲特選股法？

　　說起股神巴菲特，投資者就會熱血沸騰，期望得到他一成功力，已足以在股場上應付自如。事實上，不少人都讀過巴菲特的選股技巧，但何解又看不到有新股神在身邊誕生？其中一個原因，相信是沒有結合自己的情況，靈活運用到身處的市場上。現在就一同辨證巴菲特的選股方法吧！

選股要求	運用
公司業務容易理解	所謂的「容易理解」並不代表「簡單」，對巴菲特來說，消費品、保險和出版可能是他容易理解的業務，而高科技公司就是他不熟悉的範疇，所以他連好友比爾‧蓋茨（Bill Gates）的微軟公司股票都不會買。但對於其他投資者來說，以上的標準可能會有所不同。 投資者需要明白，看懂公司業務是最基本的要求，但公司業務和商業模式是否容易被理解，則是一個相對的概念，問一問自己，甚麼類型或行業的公司，會讓你更易理解和掌握呢？

具高股東回報率 **(Return On Equity, ROE)**	巴菲特傾向以 ROE 作為衡量公司盈利能力的指標，並會選擇那些可以掌握未來 10 年以上 ROE 變動的公司。 例如他在 90 年代買入華盛頓郵報（Washington Post），是由於該公司的 ROE 增長多年保持在 15% 以上，是同業平均水平的兩倍。 ROE 的公式：ROE = 淨收益 / 股東權益 但要注意，當中的淨收益可能包含許多公司非主營業務帶來的利潤或一次性收益，我們是需要剔除非經常損益後，才可以看出公司的真實盈利水平；最重要的是，要考察未來 ROE 可保持在甚麼水平，而不是單靠近年的 ROE 就作為判斷指標。 就像華盛頓郵報，2000 年代開始就積極網站發展，在線新聞及報紙的業務亦做得很成功，造就訂戶和廣告額大增。 如果公司仍堅持傳統紙媒模式，定必受到互聯網普及化的打擊，未來的 ROE 就難以維持高增長了。所以高 ROE 還要以質量作後盾，且未來可持續發展，不應把 ROE 當成靜態指標看。

有持續充沛的自由現金流（Free Cash Flow, FCF）	FCF 是指公司的經營性現金流，即公司營運資金支出與資本性（主要是固定資產）投資的總和。 巴菲特重視 FCF 和 ROE 的本質一樣，如果夠找到不必通過股東後續投入或舉債的途徑，就能實現業績和現金流增長或保持穩定的模式，就是投資者眼中的好公司了。如果說 ROE 是反映公司為股東創造的賬面利潤，那麼 FCF 就是給股東的真金白銀。 但在一些新興市場，例如中國 A 股，要找到高 FCF 的公司恐怕不是易事。有別於成熟市場佔有較多防守型和收益型股票，A 股市場主要是成長型公司，它們的現金流大多會再投入於發展項目身上，以保持高增長。 所以在選擇公司時，重視 FCF 雖然仍是重要考量，但對於成長型公司來說，要求又不必太苛刻的。

如何活用巴菲特選股法？

低負債率	選擇低負債公司的要求，基本上是不適合大多數投資者，尤其是散戶。
	舉個例，巴菲特在 90 年代入主了兩間保險公司 GEICO 和通用再保險，雖然它們的負債率極低，但巴菲特看中的實際原因，是因為這兩間公司每年手上都有 200 多億美元的閒散資金可供他投資使用。所以除非投資者是有足夠本錢去控股一間上市公司，否則低負債未必是必然因素。
	當然話說回來，如果負債率長期居於 70% 以上的公司，長遠來說都是不易經營；如果負債率長期低於 10% 也不完全是好事，這可能說明這公司甘於現狀，不敢投入或沒有投入機會，成長性成疑。投資者一定要按情況判斷這指標的應用。

市盈率（PE）對選股有用嗎？

無論是財經分析員或是一般投資者，一談到選股，很多時都會提到市盈率（Price to Earnings Ratio, PE），究竟市盈率是否真的這麼有用呢？先簡單介紹一下它的原理：

市盈率，全名為「市價盈利比率」，又稱「本益比」，是股票市場價格與其每股稅後利潤的比值，計算公式為：

市盈率 = 收盤價 / 每股稅後利潤

市盈率是考察股票投資價值的靜態參考指標，以 10 倍市盈率為例，這表示：如果每年每股的盈利保持不變，把歷年的盈利全部用來派發股息，則投資者需要 10 年時間才能收回投資成本。

從以上公式看到，市盈率愈小，回本期就愈短，投資價值即愈大，反之亦然。那麼市盈率究竟要多少，該股票才算有投資價值呢？依國際的主流說法，15 倍或以下市盈率的股票才符合「國際標準安全線」。

但在實戰上，投資者往往會發現高市盈率的股票，業績反而增長快，股價上漲亦快，騰訊（00700）就是最佳的例子；而低市盈率的股票，業績不增反跌，股價也隨之下滑，究竟是否理論出錯了？選股還需要用上市盈率嗎？

動態市盈率 VS 靜態市盈率

單靠一招半式未必可以行走天下，其實市盈率是屬於靜態的短期指標，只能反映過去一年的經營情況，而不是從一個長期過程去作分析。由於公司的未來是一個變數，而影響企業盈利的內外因素亦多不勝數，依靠過去一年的盈利作準則去判斷股票的未來價值，從這個角度看，明顯是不妥當。

事實上，剛才介紹的市盈率是屬於「靜態市盈率」，我們還可用「動態市盈率」來評估一隻股票的價值。動態市盈率的計算方法如下：

$$動態市盈率 = 靜態市盈率 \times [1/(1 + i)^n]$$

（i 為企業每股收益的增長比率，n 為企業的可持續發展的存續期）

動態市盈率能夠對公司的業績進行持續性的觀察，更清晰地顯示業績變化的趨勢，比較容易進行正確投資分析，得出理性的結論。所以我們平時說選擇低市盈率的股票，實際上是指選擇動態市盈率低的股票，而靜態市盈率只能作為一種參考。

舉個例子，在 2003 年的時候大多數鋼鐵股的靜態市盈率都較高，但市場主力卻看好它們，有不少鋼鐵股更被重倉持有，隨後鋼鐵股的股價大幅上升，主因是當時內地對鋼鐵需求旺盛，鋼鐵

股業績大幅提升，而動態市盈率則持續低走。但到 2005 年時，鋼鐵股的靜態市盈率已很低，只有 6 倍左右，卻被市場大幅拋售，股價隨之大跌，主因是國家採取宏觀調控，加上鐵礦石原料價格上漲，預定鋼鐵股業績會開始下滑，於是動態市盈率不斷走高。

由此可見，如果只看靜態市盈率而不分析動態市盈率，是很容易造成重大的投資損失。最後總括一下應用市盈率的 4 個重點：

❶ 選擇市盈率低的股票是價值投資的重要原則，但當中所指的是指動態市盈率，而不是靜態市盈率。

❷ 業績相對穩定的股票，其靜態市盈率和動態市盈率會表現得相當一致。

❸ 對於周期性行業，關注行業的景氣循環，比關注個股的靜態市盈率更重要。

❹ 對於高科技股票，靜態市盈率與動態市盈率往往表現不一致。在選擇這類股票時，特別要關注公司的創新能力，以及是否掌握核心技術主導市場。

市盈率（PE）對選股有用嗎？

有關港股和恆生指數的市盈率，可到以下網址查詢：

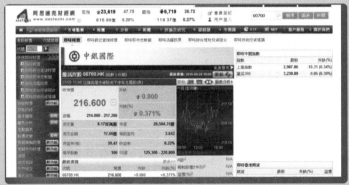

個股市盈率：http://www.aastocks.com/tc/default.aspx

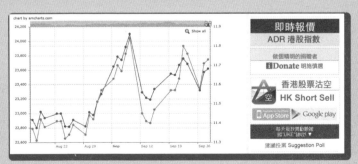

恆 生 指 數 市 盈 率：http://www.analystz.hk/options/hsi-pe-dividend-valuation.php

啤打值（β）反映股票性格？

當仔細觀察不同股票走勢時會發現，即使在相同的市場環境下，不同個股的走勢都會有巨大分野：有些會跟隨大市運行，大市向上，它就向上，大市向下，它就向下；有些會慢大市幾拍，反應往往落後其他個股；有些就像獨行俠，無論大市如何走，它都有自己的一套原則，不隨波逐流⋯⋯這些表現就是所謂的「股性」，亦即股票的活躍度。股性好的個股，在大市企穩上揚後，其漲幅往往跑贏大市；而股性差的，要麼跟大市走勢接近，要麼就跑輸大市。因此只要找到股性好的股票，往往都能幫助我們創造更多利潤，而負責量度股性的工具就是——啤打值（β）。

β 是一種評估證券系統性風險的指數，用來衡量個股或股票基金相對整個股市的價格波動情況。利用啤打值時，我們會以大市指數（香港股市即是恆生指數）為參照物，假定 β 為 1，如果某一個股的 β 大於 1，代表它的股價波幅比同期大市指數大；如果 β 小於 1，代表它的股價波幅比同期大市指數細：

啤打值（β）	說明	風險與市場比較
> 1	股價波動比市場為大	高
= 1	股價與市場波動一致	一樣
< 1	股價波動比市場為少	低

當 β 為正數，代表個股價格波動方向與大市向一致；β 為負數，代表個股價格波動方向與大市向相反（即大市升時，個股就跌，反之亦然）。如果將大市的走勢視為系統性風險，那麼 β 就能反映個股的非系統性風險，當個股的 β 愈大，代表非系統性風險愈大，亦意味著獲利空間愈大，一般可作以下的分類：

啤打值（β）	股性	說明
β>1	進攻型股票	非系統性風險高於市場風險，一旦大市趨勢向下，個股的跌幅可能是市場的數倍；但當大市趨勢強勁，漲幅亦可能是市場的數倍。
0<β<1	防守型股票	非系統性風險低於市場風險，個股的上下波幅往往小於市場。

雖然 β 可以反映一隻股票的性格，但它只代表了個股的歷史走勢，即現在的 β 較大，不代表以後依然會較大，如果出現突發的基本面改變，β 就可能無法準確判斷未來的指標了，這是使用 β 時必須注意的地方。

有關個股的 β 值，可到以下網站輸入相關的股票號碼查詢：http://www.etnet.com.hk/www/tc/home/index.php

股票大小不同，
買賣策略都不同？

　　實際上，區分大、中、小型股並沒有絕對準則，但普遍而言，會有以下的介定：

大型股
市值 100 億以上
股本 50 億以上

中型股
市值 20~100 億
股本 10~50 億

小型股
市值 20 億以下
股本 10 億以下

大型股

特點	買賣策略
<ul><li>盈利收入大多呈穩步而緩慢的變化。</li><li>炒家不會輕易介入，所以股價的漲跌幅度亦較小。</li><li>長期股價走向與公司盈利密切相關。</li><li>短期股價漲跌與利率走向成反向變化。當利率升，股價會跌；當利率降，股價就會升。</li></ul>	<ul><li>過去的最高價和最低價，具有較大的支持和阻力作用，是買賣時的重要參考指標。</li><li>當投資者估計短期內利率將升高時，應賣出股票，待利率真的升高後，才進行補倉；當估計短期內利率將下調時，應買入股票，待利率真的下調後，才開始出貨。</li><li>在經濟不景氣後期的低價圈內買進股票，而在業績明顯好轉、股價大幅上升後賣出。</li></ul>

中、小型股

特點	買賣策略
<ul><li>由於股本太小，炒作資金亦較大型資金少，所以很易成為大戶的炒作對象，令股價漲跌幅度較大。</li></ul>	<ul><li>由於容易被大戶操縱，投資者買賣中小型股時，要多作投資分析，自行判斷行情，不要被未經證實的謠言動搖信心。</li></ul>
<ul><li>股價受好淡消息影響的敏感度較大型股高，所以經常成為大戶間打消息戰的戰場。</li></ul>	<ul><li>在市盈率較低的低價區買進股票，而不要跟風賣出，耐心等待股價走出谷底；在高價區時則見好就收，不能貪心。</li></ul>

甚麼是龍頭股？

在某一行業板塊走強的過程中，龍頭股往往是上漲時沖在最前，回調時又能抗跌，起到穩定軍心作用的「定海神針」。它們在個別板塊及大市行情中舉足輕重，能夠率領同類或同板塊的股票大幅上漲，是具有市場領導力的旗艦級股票。

以下是龍頭股的特點：

龍頭股的 6 大特色	
1	在所屬行業內有一定領導地位，包括規模、市佔率、市值、營業額和利潤。
2	在一波上升行情中，最先啟動，而且漲幅最大的股票。
3	具有縱深發展的動能和可持續上漲的潛力。
4	主力資金雄厚，對政策面和消息面保持高度的敏感。
5	在板塊具有大規模主流資金進出的流通容量。
6	在板塊的持續時間長，不會被過早分化和頻繁切換。
7	具有一定的市場號召力和資金凝聚力，並能帶動板塊的市場人氣。

龍頭股的四大體系	
行業龍頭	行業的龍頭上市公司擁有強大的持續發展能力和巨大的市場吸引力,所以在各類型龍頭股中,以行業的龍頭股最多及最受投資者歡迎。
概念龍頭	概念性的龍頭是次級市場中最容易上漲並對行情起落有巨大影響力的股票,一般會稱之為板塊龍頭或領漲龍頭。
地域龍頭	在同一地區構成的板塊中所形成的龍頭股。
綜合龍頭	結合了以上三項特質的龍頭股,往往會更容易吸引主力資金的關注,由於更具市場號召力,所以走勢的爆發力亦是最強。

　　龍頭股最鮮明特徵就是升得最早、升得最快、升幅最大,所以買進龍頭股的最佳時機就是行情的啟動階段。

要捕捉龍頭股的具體步驟如下：

捕捉龍頭股的步驟	
第1步	密切關注熱點板塊中的大部分個股的資金流向。
第2步	當某一板塊中的大部分個股有資金增倉的現象時，根據個股的品質和基本面，找出最可能成為龍頭股的股票。
第3步	一旦某隻個股率先配以高成交量啟動，並確認是有效的向上突破時，不要買進其他跟風股，只需買入漲得最好的股票即可，因為它就是龍頭股。

甚麼是龍頭股？

投資龍頭股的技巧，一字記之曰：「快」。萬一錯過了龍頭股啟動的買入時機，或者未能及時識別龍頭股的話，可以先待龍頭股短暫回調時再追入；在大市整體向好的情況下，後市不會只有一次上沖的過程，投資者要密切留意。

甚麼是黑馬股？

黑馬股是指，投資者本來不看好，卻能夠異軍突起的個股，且股價在短期內突然大幅上漲，升幅可高達 60% 以上，遠遠跑贏大市其他股票，並會持續一段時間。

黑馬股的產生主要歸於實力雄厚的市場主力、大戶、莊家及投資機構，缺少了他們的參與，黑馬股必定跑不了多遠；而旺盛的市場氣氛，以及題材吻合當前的炒作主題都非常重要。以下是黑馬股的特點：

黑馬股的 6 大特色	
1	股價低廉，小於 10 元。
2	公司有潛在的根本性變化，例如業績大幅增長、核心業務發生重大的質變、研發了主導市場的新產品等。
3	黑馬啟動前，經常會遇到各種看淡的消息打擊股票，例如公司收到重大訴訟被監管部門調查、業績報告失真等，這些看淡消息會令投資者對公司前景失去信心，繼而不計成本拋售股票。
4	股價長期在低位震盪，通常會出現連續的長長陰燭跌破重要支持位，而各種技術指標都在顯示弱勢格局，成交量亦小，令投資者感到後市的下跌空間巨大。
5	在築底階段期間會有不自然的成交量變化，突然的大額成交都顯示有增量資金在積極介入。由於散戶不會在基本面和技術面利淡建倉，所以這現象反而說明有部分散戶正恐慌性拋售，而高成交的情況下股價仍保持不跌，則表明主力資金正在乘機建倉。
6	莊家的控盤力驚人，無論是壓價洗盤還是拉升，股價的波幅都很大。

　　另外，亦可以留意哪些股票受到某些投資機構的關注，如果它們肯花大量時間和金錢去調研一間公司，這公司自然有其值得投資的地方。當發現這些機構在大量買進，同時股價又處於相對低位，則可考慮順勢買進，當日後有機會將股價拉升時，我們就可以在黑馬上奔馳了。

　　但要注意，若投資機構通過調研發現該股是沒有投資價值時，它們就會很快散貨，散戶到時就很容易被深套。建議投資者要長時間跟蹤盤面走勢的變化，如果成交量一直很少，或股價重心下移，這時就不能盲目跟進，只有當成交量激增，股價走勢轉上時才可分批建倉。

　　發現黑馬後，仍要小心莊家的控盤伎倆，持貨期間不會被短期內股價的舞高弄低而影響買賣判斷。黑馬股是可遇不可求的，如果都被主流大眾看好的股票就很難成為黑馬了。即使你看中了潛質的黑馬股，也要有心理準備需等待它至少半年、一年，甚至兩至三年，股價才會起飛，所以耐性非常重要。

甚麼是黑馬股？

當終於等到股價開始飛馳時，投資者大多有獲利了結的傾向，會急於在升勢早段就出貨，結果出現「坐得耐，賺得少」的現象。這種抓住黑馬但不能「騎穩」的主因，心理學上的解釋，主要是「確定效應」，即當人處於收益狀態時，往往會突然小心起來，喜歡袋袋平安，害怕失去已有的利潤。這種心態與「對則持，錯即改」的投資理念背道而馳，結果大大影響了投資收益。

你，騎穩了嗎？

如何發現潛力股？

　　當論及女性擇偶問題時，我們會經常聽到「潛力股」一詞，一般是指有發展前途的年輕男性。但「潛力股」的原意，其實是指在未來一段時期存在上漲潛力的股票或具有潛在投資預期的股票。有別於黑馬股，潛力股是普遍被市場看好的成長股，而且股價升幅亦會比黑馬股大，能上漲幾倍以上。

要發現它們，可以從以下 3 大方向入手：

發現潛力股的 3 大方向	
題材概念	題材是個股行情的首要催化劑，具有潛在題材的股票終會成為強勢股。就實戰而言，股市熱點的形成，就需要概念做「藥引」，而概念是調動人氣的必要手段，成敗的關鍵在於市場的號召力，只要吸引來自市場的各方認同，主力自然會以行動帶動行情上漲，人氣就是潛力股啟動的鎖匙。 但要注意的是，投資概念性熱點是具時效性，因為概念畢竟有其生命周期，不可歷久不衰。
實際價值	大部分潛力股都伴隨著強勁的業績增長，如果說題材概念是個股強勁上漲的外因，那麼公司的實際價值提升，就是支撐股價上漲的內因了。
資金支持	潛力股的誕生往往與大額資金的介入有關。如果單憑利好消息，股價雖然能瞬間沖高，但只會是曇花一現。只有當大額資金逐步介入，才能推動個股持續上揚，而這類資金的來源包括：大力發展的機構投資者、在國策支持下引進的各類資金等。

1958 年時，成長股價值投資策略之父 —— 菲利普·費雪（Philip Fisher）在著作《非常潛力股》（*Common Stocks and Uncommon Profits and Other Writings*）亦有對成長股理論作全面的分析，雖然我們難以完全複製並應用在現時的股票市場，不過他總結了成長股的 15 種特徵還是極具參考價值：

❶ 這家公司的商品或服務市場的潛力有多大，未來的營業額就能有多大的增長空間。

❷ 管理層是否有開發新產品、開拓新領域的決策，從而進一步提升總銷售的潛力？

❸ 和公司自身規模相比，它的研發成果如何？（好的公司即使自身規模較小，但其研究成果絕不會遜色。）

❹ 公司是否擁有高效率的銷售部門？

❺ 公司的利潤是否高於同行業其他公司？

❻ 這家公司已做了甚麼、正在做甚麼、將要做甚麼，從而用以維持或改善利潤率？

如何發現潛力股？

❼ 公司的勞資和人事關係如何？

❽ 公司的高級主管之間的關係如何？

❾ 公司的管理層能力如何？是否有足夠深度和遠見？

❿ 公司的成本分析和會計記錄如何？

⓫ 公司是否有其他經營層面，尤其是在本行業較為獨特的地方，這會使這家公司顯著優於同行業其他經營單一的公司。

⓬ 公司對未來發展是否有明確的規劃？

⓭ 在不是太長的時間尺度內，公司是否會募集資金投入新項目並產生利潤，從而使股東利益受損？

⓮ 公司的管理層是否報喜不報憂？是否能將公司的全部經營情況反映到財報之中？

⓯ 公司的管理層誠信正直態度是否毋庸置疑？是否會對公眾隱瞞經營存在的問題？

買藍籌都需要技巧？

藍籌股一直以來都是價值投資者的重點選股目標，根據歷史行情分析，藍籌股一旦啟動，往往會成為市場中最有影響力的領漲板塊和龍頭股。由於市場容量適合大型主流資金進出，所以具有一定的資金凝聚力。基本上，投資藍籌股主要從業績考慮其投資價值：

藍籌股業績	
現況	首先通過市盈率、淨資產收益、每股盈利等指標進行基本分析，然後從流通市值、成交金額、淨利潤總額及行業代表性等因素，考量該股在市場的地位和價值。
持續性	巴菲特都是靠投資長期業績優良的公司，來獲取高額回報，所以只有過往的良好業績仍不是足夠的考量，更要長久保持。至於藍籌股的優秀業績能否維持，關鍵是考慮該公司是否具有穩定且可持續發展的能力，這主要在它的品牌優勢、技術優勢和規模優勢中考量出來。

很多人投資藍籌股是覺得隻股「夠大隻、夠穩陣」，但結果卻無法獲利，甚至虧損收場。事實上，除了要重視以上所說的投資價值外，我們同樣要注意把握時機。

所謂的投資價值，並不表示投資者在任何時間和任何價位買進都可以獲利，同一隻股票，在不同時段中都有不同的價值，只有股價較為合理的藍籌股才值得投資。價值投資是一個長期的過程，當藍籌股受市場過度追捧，股價就會出現高估的風險，這時當然要避免買入。

藍籌股跟其他熱點股票一樣，有漲跌的節奏，由於藍籌股的範圍較大，能夠歸屬於藍籌股的股票數量亦多，其中可以細分為多個板塊，包括：醫藥、能源、科技、汽車及金融等，這些板塊都會產生輪動的規律。投資者可以借助不同板塊的輪動特點，順勢而為，在不同板塊之間進行波段操作，那麼對投資藍籌股自然更能得心應手了！

選周期股好，還是防守股好？

　　宏觀經濟環境會時刻影響著股市的表現，而跟這些因素呈高度正相關性的行業的就是「周期性行業」。這類行業會出現景氣循環，即是經濟差時，行業景氣就會轉壞；經濟好時，行業景氣就會向好。在股市表現上，當大市普遍上漲時，周期股的表現亦會向好；在大市普遍下跌時，周期股亦會跟隨下跌，但不同行業會有提前或滯後的情況。

　　另一種就是「非周期性行業」，亦有「防守性行業」之稱，這類行業的產品需求相對穩定，而且不易受經濟周期衰退階段的影響。在股市表現上，當大市普遍上漲時，防守股的表現通常會落後；而在大市普遍下跌時，其跌幅會比整體市場小，甚至會因為資金避險而逆市上升。股息方面，由於對經濟周期有一定的防禦力，盈利表現會相對平穩，所以派息都會比周期股穩定。

概括而論，提供生活必需品的行業就是防守性行業，提供生活非必需品的行業就是周期性行業：

周期性行業	防守性行業
金融、房地產、汽車、航空、鋼鐵、有色金屬、石油化工、電力、煤炭、機械、造船、水泥等。	公共事業（如水、電、煤氣供應）、食品飲料、交通運輸、醫藥保健等。

在不同周期階段，配置不同當時受益最多的行業股，可以讓投資回報最大化，所以並沒有「選周期股好，還是防守股好」的絕對之說。以下是在經濟及股市周期下，建議的行業股票配置：

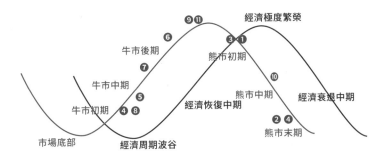

❶：非周期性消費品（如食品）　　❺：科技　　　　❾：能源
❷：周期性消費品（如耐用品和非耐用品）　❻：基礎工業　　❿：公共事業
❸：醫療保健　　　　　　　　　　❼：原材料　　　⓫：貴金屬
❹：金融　　　　　　　　　　　　❽：交通運輸

長線 VS 短線，何者較重要？

　　股票投資和其他投資一樣，依時間而論，可分為長線和短線。長線的投資（俗稱「長揸」）是長期持有該股票，預計很有升值能力，或是有穩定的股息回報率。短線的投資（俗稱「短炒」）就像一夜情，只求一時刺激，不會天長地久，最快者，今日的相聚和熱愛，明天就可能各奔東西，表現在股市上，就是上午買進，下午就出貨。

　　值得長線投資的股票大致分兩種：

- 大藍籌股：企業具有雄厚資本、盈行豐厚、經常派發股息等，長線投資這類股票一般可獲得可持續的穩定收益。近年具代表性的企業包括：中國移動（00941）、中國聯通（00762）、匯豐控股（00005）及和記黃埔（00013）等。

- 增長股：這類股票還沒晉身藍籌股的行列，甚至暫時只是實力較弱的股票。不過，如果投資者具有非常敏銳的目光，認定這隻股票具有強大潛力，所以下注是希望它有長遠而持久的升值能力，將來這些公司發展成功的話，所得到的回報將會十分豐厚。近年具代表性的企業包括：舜宇光學（02382）、創維數碼（00751）及晨鳴紙業（01812）等，它們都是業務發展成功突破的公司。

　　至於短線投資的股票，基本上是不必考慮其基本實力，只要能有一時的聲勢，短暫的升值足以成為短炒的充份條件。

　　操作上，投資股票應該要做到長短結合操作，如果沒有這個觀念，使長線變為短線，而短線又被套住不得不改為長線的，兩套組合混淆不清，投資結果必然失敗。

長短線結合，雙劍合璧，天下無敵！

甚麼是 長線投資策略？

長線投資如長跑！ Go go go ！

　　投資者在進行長線投資時，應該要選擇有相當的獲利性、安全性、成長性的股票。因為這類股票在短期跌價了也無妨，只要耐心等待，股價總會再上漲，自然會獲得回報。長線投資策略的要求很簡單，就是選擇適合長線投資的股票，例如：

1. 成長型股票

　　公司的成長性比一般公司好，股票將來的報酬率亦會比較高。由於高成長性公司的主營業務收入和淨利潤的增長都處於高速擴長的階段，且以多送紅股少分股息的模式，以保證有足夠資金運營的同時，業績的增速亦能追上股本規模的擴張。它們即使在多次大規模送配股後，其每股收益亦不會有所退減。有關尋找成長股的技巧，「如何發現潛力股？」一文會有較詳細的介紹。

2. 受國策支持的股票

一個國家的政策取向對於國民經濟的運行及產業結構的調整，都具有決定性的作用；反映在股票市場上，受到國家產業政策傾斜支持的行業，亦因此容易得到市場的認同。例如，壟斷行業由於受到中國政府的特殊保護，所以發展穩定，前景看好，其中能源、通訊等公用事業和基礎工業類股票，都是不錯的選擇；而金融業目前在中國尚屬一個受政府管制的行業，所以金融企業整體上都能獲取高於社會平均利潤率的利潤。

3. 優良型股票

長線投資的另一個選股取向，就是在同業板塊中選出第一流公司的股票。這些公司經營完善、資金雄厚、收益比率亦比較高，通常處於行業的龍頭地位。

從風險安全的角度看，在現代經濟中，只有達到規模經濟的企業才具有較強的競爭力及抗風險能力，所以除非是整個板塊或整個經濟結構都受到嚴重打擊，否則龍頭股往往都是同一板塊最有抗跌力的股票。其次，龍頭企業往往更易獲得國家政策的扶持，並在企業兼併浪潮中快速擴張，進一步擴大市場份額，進入新一輪的快速增長。有關捕捉龍頭股的技巧，詳見「甚麼是龍頭股？」一文。

甚麼是短線投資策略？

　　成功的短線操作是非常困難，始終股市是一個具一定風險的市場，投資者必須具備良好的心態，不會因某次短炒獲利而沖昏頭腦，也不為某次失敗或套牢而懊悔。當你決定要成為短線投資者，切記不要期望太高，控制住欲望，設定好止蝕或止賺位。

　　短線操作的大方向是：該出手時就出手，否則容易得不償失。通常，如某一板塊剛開始啟動時，可立即追進，第二天高開時賺它 3% 以上的利潤應不成問題；但萬一發現情況不炒，第二天也要堅決出貨，即使是低於買入價，以免陷得更深，因為散戶的資金是有限的，一旦被套，再便宜的貨也無法撿回。

　　無可否認，短線投資具有一定的吸引力，而且短炒機會層出不窮，只要方法得當，做到膽大心細，看準了就果斷出手，決不拖拖拉拉，就有機會把握時機，以下會介紹 4 種短線投資的技巧，給予參考：

短線投資技巧	
題材炒作法	選擇有炒作題材／消息的股票，例如收購題材的股票、有送配股分紅題材的股票、有業績題材的股票、有公司重組題材的股票等，這些都會吸引大戶入場進行投機操縱。
新股快閃法	新股上市前，券商往往為了使新股上市順利，一般都將同業板塊的股票拉高。所以當每次有新股上市前，與之相關的板塊都會成為市場熱點，投資者需及早買進板塊中的個股，並待新股上市前出貨為佳。
突發行情法	股市每年總有幾次突發性行情，只要好好抓住這種噴發式漲勢的機會，自然會獲利豐厚。當大勢向上漲時，總會有某些板塊和個股領先於大市，如一些套牢的莊家股、題材還沒完全發揮的板塊、籌碼集中的個股、借題發揮的上市公司等，這類個股的噴發力會比一般股票大，所以只要選中就能跑在大勢之前。
尾市搶盤法	在行情景氣的日子，經常會出現尾市發力、量增價升的情況，只要你這時敢追進，次日慣性沖高時出貨，一般都會有所斬獲。

股票投資
All-in-1

買賣
時機篇

選好股票了，可以立即入市嗎？

幾經辛苦，我們了解到不同股票原來都有不同的特性，從而把當中適合的股票放進投資組合之中，進行相應的投資策略……做好上述準備後，下一步是否就可以入市，進行操盤呢？且慢！入市的關鍵是選擇一個良好的入市良機，否則就前功盡廢了！

只要有留意開股市，就會發現，任何股市指數又或任何一種股票行情，它們的走勢都是呈波浪上下起伏，一浪之後又是一浪，每一個大浪之中又有數個小浪；有些個股的走勢跟大市是同步，有些就不太一樣，甚至是相反；而股價圖無論是以日線、周線、月線、年線，甚至即市分鐘圖表示，都會看到是波浪起伏的……意識到這一點後，就明白入市的良機 —— 在波谷時買入，在波峰時賣出，即所謂的「低買高賣」。如果你是長線投資的話，只要選擇在大市最低落時買入，理論上是百分百賺錢的。當然理論終歸要由現實操作實踐，「甚麼時候是波谷？」、「甚麼時候是波峰？」往後的篇章會重點介紹。但簡單一點看，我們或許可以從日常生活，就能察覺出一個股市行情是谷還是底了。

甚麼時候是谷呢？當發現身邊的股民及傳媒報道都一致對股市看差，或留意到巴士和地鐵的上班族長期神情渙散，又或聽到誰人都不想買股票，同時股價天天跌並已經去到跌不動的時候，可能大市就將近到底了。

甚麼時候是峰呢？當我們見到證券行裡人頭湧湧，交易的散戶絡繹不絕，買賣的人排長龍，連不熟悉經濟投資的叔叔嬸嬸都參與買賣的時候，可能見頂的時機快到了。

當然，單以目測就去判斷行情未免太兒戲了，但這確實是現實經常發生的現象。股票這東西很奇怪，別的商品如果賣不掉，只要進行減價大清貨就總會遇到買家，很快可以賣掉；但股票卻相反，愈便宜，人就愈不敢買，而愈貴的反而愈多人爭著買。無論如何，投資者應當自行分析當前的大勢是向上還是向下，找出正確的入市時機，大勢向下時可觀望等候，向上時則大膽買進！

幾時可以入市呢？

波浪理論
是用來分析大勢？

　　剛才提到，大市或個股的走勢會以波浪起伏的形式展現，事實上早於 1938 年美國證券分析師艾略特（Ralph Elliott）已發表了相關的「波浪理論」（Elliott Wave Principle）。該理論主要以「道氏理論」（Dow Theory）為基礎加以發展，並完善了操作及精準方面的強度。

　　波浪理論認為股價變動的循環是由 8 次波浪構成，包括 5 次上升浪和 3 次下跌浪，即「八浪循環」：

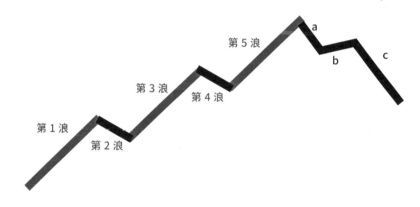

　　當 8 次波浪完畢後，一個循環就完成，而走勢將進入下一個「八浪循環」。數個細浪連結在一起成為一個中浪，數個中浪又連結在一起成為一個大浪，連綿不斷。

浪數	解釋
第 1 浪	波浪循環的開始，通常出現在跌市後的反彈，或屬於築底形態的一部分，買盤力量不高，市場淡勢未減，持續有沽壓。
第 2 浪	為升浪中的調整浪，調整幅度相當大，幾乎消化第 1 浪的升幅，主要是因為市場人士常誤以為熊市尚未結束。第 2 浪的特點是拋售壓力逐漸減弱，成交量同樣縮小，見底前會出現圖表轉向型態，如頭肩底、雙底等。
第 3 浪	屬於漲勢最大的升浪，持續時間亦最長。市場投資者信心恢復，成交量大幅攀升，常出現突破訊號，在圖表上經常出現如上升裂口等突破向上走勢，是最強烈的買進訊號。
第 4 浪	經常出現於「三角形」的調整形態運行，通常是行情大幅上升後的調整，同時記住，第 4 浪的低點不會低於第 1 浪的高位。
第 5 浪	第 5 浪的漲幅通常少於第 3 浪，特點是樂觀情緒充斥整個市場。期間二、三線股會突發上揚，且升幅極其可觀。
第 a 浪	當第 5 浪出現成交量與價格走勢背馳，將預示第 5 浪到 a 浪的轉變。a 浪的跌幅會消化第 5 浪約一半的升幅，但由於市場普遍認為市勢尚未逆轉，認為只是短暫的調整，所以市場氣氛仍偏向樂觀。
第 b 浪	跌勢出現反彈，且升勢比較情緒化，成交量普遍稀疏，並出現明顯的價量背離現象。市場大多數人還以為升勢未完，這時候的圖表亦經常出現牛市陷阱。
第 c 浪	跌勢最強，持續的時間較長久，所有類型的股票都宣告全面下跌。

　　波浪理論為股市漲跌循環描繪了一幅清晰的運行圖，投資者可配合一些技術分析使用，判斷各種買賣時機。具體操作時要注意以下 4 點：

1. 清楚每個運行階段的操作模式

　　了解現況是處於哪個運行階段非常重要，如在上升浪中，則可加大倉位，如在下跌浪，就只能做短線操作並要及時減倉。如果對當前行情無法確定，則建議先減少倉位，等形勢明朗化後，再靈活操作。

2. 不論長短，都要順勢而行

　　如果你是長線投資者，當發現股市已走到第 5 浪時，應及時沽貨。如果在 a 浪下跌中無法脫身，也要趁 b 浪反彈時逃亡。在下跌浪期間，不要買入，應耐心等待 c 浪尾聲才分批建倉。

　　如果你是短線投資者，在下跌浪中捕捉短炒機會，不能把握時不要輕易出擊，即使入貨也要少量參與，設立止蝕位並按章執行。

波浪理論是用來分析大勢？

3. 用黃金分割率推算各浪的升幅和跌幅

黃金分割是利用黃金比率，即 0.618 和 0.382，再通過各種加減乘除，得出以下組合：

(i) 0.191、0.382、0.5、0.618、0.809

(ii) 1、1.382、1.5、1.678、2、2.382、2.618

而波浪的升幅和跌幅一般可利用黃金分割率去計算。一個上升浪可以是上一次高點的 1.618 倍，另一個高點的計算，可以將新高點再乘以 1.618，如此類推。下跌浪也是如此，一般常見的回吐幅度比率有 0.236 倍、0.382 倍、0.5 倍、0.618 倍等。相隔時間愈長，黃金分割線作為阻力與支持的力量就愈強。

4. 數浪對莊家股不適用

雖然波浪理論對預測大市和一般股票的走勢有相當重要的作用，但數浪對於由大資金控盤的莊家股基本上是無效的。莊家股升好跌好，都是人為操縱為主，大戶可能會故意讓散戶數浪入套，製造虛假技術形態，所以投資者要份外注意。

識別牛熊市有絕對標準嗎？

財經專家分析大市時，經常說到「牛市」和「熊市」兩個名詞，這是了解股市行情的最基本概念，讓投資者明白現時處於甚麼市況中，對整體股市或個股走勢的預測，都有一定的輔助作用。

· 牛市 (Bull market)：

是指股市或經濟呈現長期上漲的趨勢，市場充斥樂觀氣氛。「牛市」一詞，起因於價格上揚時市場熱絡，投資人擠在狹小的證券交易所中，就如同傳統牛市集的牛群般壯觀，所以戲稱為「牛市」。

· 熊市 (Bear market)：

是指股市或者經濟呈現長期下滑的趨勢，市場通常瀰漫著悲觀、恐慌的氣氛。其源由來自美國西部拓荒時代，美墨邊境的牛仔閒暇時常常抓灰熊來鬥牛，圍觀下注作娛。後來美國人就把熊和牛視為對頭動物，於是戲稱跟「牛市」相反的，就是「熊市」了。

在「經濟周期跟股市一脈相連？」一文提過，股市會跟隨經濟周期活動以及資金的流動而上下起伏，因此「牛市」和「熊市」都會因為經濟循周期的循環而交替出現，即所謂「牛熊共舞」。大致而言，在經濟周期中的復甦期和繁榮期，股市便是牛市；衰退期和蕭條期，股市便是熊市，所以股市亦有「經濟晴雨表」之稱。

事實上要判斷牛熊市並不容易，而市場對牛熊的分界亦有多種定義。用技術分析去看，往往用 250 天平均線作為牛熊分界線，當價格跌穿 250 天線就是步入熊市，而升穿則是熊市變牛市。但由於移動平均線具有滯後性，未能及時辨別牛熊；若用大市的市盈率作分析，當升至歷史的高水平時，便往往反映股票價值過高，隨時由牛市轉熊市；另外，《華爾街日報》亦有「當大市跌幅超過20% 即是『熊市』」的說法。

根據道氏理論，牛熊市都可各自分為 3 個階段：

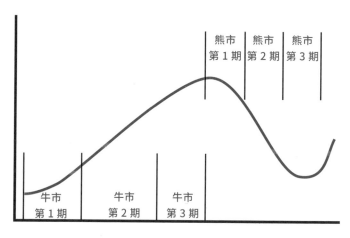

階段	說明
牛 1 買貨期	人們普遍對股市悲觀絕望，仍會出現恐慌性拋售的情況，成交量雖仍不足，但股價漸漸反彈，少數人轉而看好，決定在低位入貨。
牛 2 活躍期	市場氣氛趨穩，股民信心開始回來，股價在成交配合下上升，整體上大漲小回。
牛 3 人心沸騰期	股市在各種消息刺激下向好，市場無視利淡消息，股市成交急增，投機氣氛高漲，出現「雞犬皆升」、「全民皆股」的情境，同時市況亦開始轉機為危。

識別牛熊市有絕對標準嗎？

階段	說明
熊 1 **出貨期**	由於股價升幅過巨，脫離基本因素，部分精明投資者或莊家開始派貨；即使股價反彈，卻難獲大成交配合升勢，但市面氣氛普遍仍屬熱烈。
熊 2 **恐慌期**	大市跌勢轉急，投資者開始心急沽貨，在缺乏買盤下，股價跌幅甚巨；恐慌沽售後，大市普遍長期橫行或出現次級反彈。
熊 3 **大規模拋售期**	市場氣氛極差，缺乏信心的投資者全面清貨，連優質股亦難倖免，但下跌趨勢卻未有加速，下跌的股票大多集中在業績優良的藍籌股和優質股身上，其他二、三線股大多已在熊 2 階段跌夠。熊市將在壞消息出盡時結束，而有遠見的投資者已開始有耐性地趁低吸納。

　　由此可見，判斷牛熊市的方法眾多，而身處不同市況，投資策略也有所不同，把握錯了牛熊二市的話，往往要承受錯誤的投資結果。總的來說，牛熊市分析主要適用於股市長期的升跌趨勢，是長線投資重用的分析工具，但對於短線炒家的意義就相對減弱，投資者要按自己的性格和投資策略，善用各種分析工具。

成交量 可預視股價趨勢？

價量分析對買賣操作非常重要：「價」是價格，是股價走勢的方向，「量」就是成交量，是股價變動的動能，換言之，成交量的變動，直接表現了市場的的氣氛和供求的動態實況。通常，股價與成交量同步上升，或同步下降，是屬於正常的價量關係；但當股價與成交量背離，即價升量縮或價跌量升的情況，則是股價趨勢逆轉的先兆，投資者要格外留神。

美國股市分析家葛蘭碧（Joseph Granville）對價量分析有深入的研究，並總結了以下 9 大法則，大家可作參考（黑線為股價，橙色虛線為股價預測，啡色圖塊為成交量）：

法則 1：價升量增是市場行情的正常特徵，表示股價將繼續上升。

法則 2：股價創新高，但成交量卻未創新高，則持續升勢成疑，股價可能逆轉。

法則 3：價升量減，股價上升動力不足，股價走勢可能反轉。

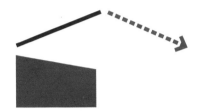

法則 4：成交量大幅增加、股價暴漲，但隨後成交量大幅萎縮、股價暴跌，這代表升勢已經見頂。

法則 5：股價隨著成交量遞增而上升，並無特別暗示趨勢反轉的訊號。

法則 6：股價經過長期下跌後，如果第二谷底的成交量低於第一谷底，是股價將回升的訊號。

法則 7：股價經過長期下跌後，如果出現恐慌性拋售，成交量明顯放大，則跌勢有望結束。

成交量可預視股價趨勢？

法則 8：股價下跌時，向下跌穿技術形態、趨勢線或移動平均線，同時出現了大成交量，都是持續下跌的訊號。

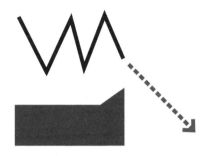

法則 9：股價持續上升（下跌）數月後，成交量急劇增加，股價卻上升（下跌）無力，是股價下跌（上漲）徵兆。

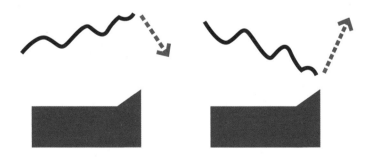

用移動平均線
找出正確買賣點？

移動平均線（下稱「平均線」）是常用的趨勢追蹤工具，它不會領先市場，只會忠實地追隨市場，雖然有滯後性，卻是無法造假。一般是通過計算過去股價的平均值，製造出一條起伏較為平緩的曲線，繼而與股價走勢比較。平均線的計算方法如下：

N 日移動平均線＝N 日收市價之和 / N

早前提過的美國股市分析家葛蘭碧，除了對價量分析有深入研究外，同時透過長期投資實戰，總結出 8 條關於應用平均線的買賣規律，稱為「葛蘭碧 8 大買賣法則」。運作原理是：縱使股價的波動具有某種規律，但平均線則代表著趨勢的方向與平均的買進成本，因此當股價的波動偏離趨勢時（即股價與移動平均線的偏離），未來將會朝趨勢方向修正，因此偏離的出現，往往意味著重要的買賣訊號（實線為股價，虛線為移動平均線）：

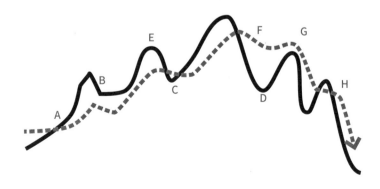

買進訊號	賣出訊號
A 點：平均線從下降趨勢轉為走平或上升，同時股價從下上穿平均線。	E 點：股價升穿平均線後持續急漲，且大幅遠離平均線上；其後股價開始下調。
B 點：股價走在平均線上後突然下跌，但跌至平均線附近回升。	F 點：平均線的升勢逐漸走平或呈下跌跡象，股價亦從平均線上方下破平均線。
C 點：股價跌穿平均線，但隨即回升至平均線之上，此時平均線仍在上移。	G 點：股價走在平均線之下，股價欲反彈卻未能穿破平均線，於是再度下跌。
D 點：股價處於下跌趨勢，平均線明顯向下，若股價突然暴跌，可買進搶反彈。	H 點：股價一度升穿平均線，但隨即又回跌到移動平均線之下，而平均線依然呈現下跌的走勢。

　　此外，平均線一般分為短期、中期、長期三種，短期為 5 天與 10 天；中期有 30 天、65 天；長期有 200 天及 250 天，分別用以判斷價格的短、中、長期趨勢。平均線除可單獨使用外，也可多條同時使用。當較短期的平均線由下升穿較長期的平均線時，稱為「黃金交叉」，預示股價向上機會大；相反，當較短期的平均線由上跌穿較長期的平均線時，稱為「死亡交叉」，預示股價向下機會大。

MACD 和 RSI 可以確認買賣？

除移動平均線外，MACD（Moving Average Convergence / Divergence，指數平滑異同移動平均線）和 RSI（Relative Strength Index，相對強弱指數）都是判斷趨勢的分析工具，而且眾多免費股票分析工具（如 aastock、etnet）都會提供，投資者在決定買賣前，利用這些工具作技術確定亦無壞處。

MACD：進化版的平均線系統

先說 MACD，它是運用一條快速（短期）和一條慢速（長期）的移動平均線及其差價，加以雙重平滑運算，而發展出來的趨勢指標，好處是抹去了平均線系統頻繁發出的雜音（即「假的買賣訊號」），但同時保留了平均線的趨勢效果。

MACD 主要是通過快線（DIF）、慢線（MACD）和兩者的差值繪制成柱狀圖，從兩條線的相匯狀況，及柱狀圖的正負值來判斷趨勢發展。

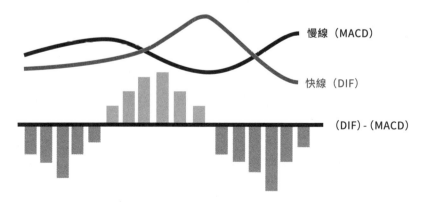

慢線（MACD）

快線（DIF）

(DIF) - (MACD)

用快慢線判斷買賣點	
「買進」訊號	當快線（DIF）向上突破慢線（MACD）。
「賣出」訊號	當快線（DIF）向下跌穿慢線（MACD）。

用柱狀圖判斷買賣點 DEA（柱線值）＝ DIF（快線）－MACD（慢線）	
「買進」訊號	當柱線值接近 0 時，柱線由負轉正。
「賣出」訊號	當柱線值接近 0 時，柱線由正轉負。

　　另外，如果發現 MACD 與股價呈背馳走勢，即股價下跌，並走出近期的第二個或第三個低點，但 DIF 和 DEA 卻出現一浪比一浪高的走勢，這表明股價離底部愈來愈近了。反之，當股價持續上升，但 DIF 和 DEA 卻出現一浪比一浪低的走勢時，就代表股價離將會見頂。

RSI：評估好淡角力的強弱程度

技術分析原理認為，股價的變化是取決於股票的供求關係，而屬於中短線波動指標的 RSI，則是根據供求平衡的原理，測量在一段時間內，股價上漲幅度佔股價變化的平均百分比是多少，來評估好淡雙方的強弱程度。操作上，需要根據 RSI 值（0~100）的大小來判斷買賣方向。

RSI 的應用法則

❶ RSI 以 50 為中線，大於 50 視為好友佔上風，小於 50 視為淡友佔上風。

❷ RSI 在 80 以上形成雙頂或頭肩頂形態時，視為股價向下反轉的訊號。

❸ RSI 在 20 以下形成雙底或頭肩底形態時，視為股價向上反轉的訊號。

❹ 當股價持續下跌，但 RSI 已不再創出新底，並慢慢回升時，形式「牛背離」，代表跌勢將近尾聲，可以考慮逐步建倉。

❺ 當股價持續上升，但 RSI 已不再創出新高，並慢慢下跌時，形式「熊背離」，代表升勢將近見頂，可以考慮逐步賣出。

MACD 和 RSI 可以確認買賣？

RSI 除了會發出買賣訊號外，亦可按不同周期的 RSI 來挑選強勢股，如果按時間長短的話，一般會先選擇月線、再選擇周線，最後才是日線，具體操作如下：

RSI 的選股步驟

第 1 步	將月線 RSI 大於 50 的股票找出來
第 2 步	然後再將以上股票進行過濾，只要周線 RSI 大於 50 的股票
第 3 步	最後找出 RSI 呈看漲技術形態的股票

哪些是常見的陰陽燭組合？

　　陰陽燭是股市最常用的價格走勢工具，一支陰陽燭代表一日的價格行情，而且易讀易懂，非常實用，其結構包括：開市價、收市價、最高價及最低價。最高及最低價的差距影響陰陽燭的長度，畫成直線，然後找出當日開市和收市價，把兩個價位連接成一條長方柱體，柱體上方的直線為上影線，而下方的直線稱為下影線。

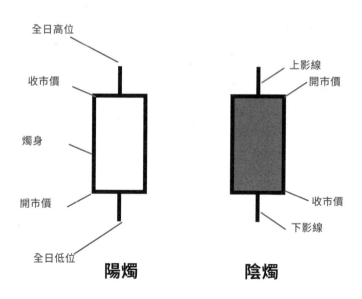

全日高位
收市價
燭身
開市價
全日低位
陽燭

上影線
開市價
收市價
下影線
陰燭

　　假如當日收市價較開市價為高，即低開高收，柱體便留白，該日股價稱為開「陽燭」；如果當日的收市價低於開市價，即高開低收，柱體便為實色，即「陰燭」。

　　單支陰陽燭的形狀，一般可看出當日行情的好淡角力情況；由連續 2~3 天陰陽燭組成的組合，則有助判斷價格的未來動向，尤其是由跌轉升、由升轉跌的變化。

　　以下會精選一些常見的陰陽燭單支形態 / 組合，並講解當中的含意及需要注意的地方，供大家參考。

❶大陽燭

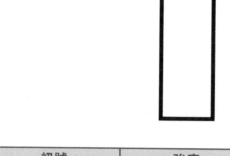

訊號	強度	陰陽燭數目
買入	1 星	1 支

基本特點：

傳統定義上，大陽燭是最基本的買入訊號，是一種當日低開高收的意象；但如果單靠一支陰陽燭便作買賣決定，就未免太兒戲了。因為一支大陽燭的出現，只表明當日股價強勢，並不代表未來能否持續上漲。

同時，我們亦要留意這支大陽燭的位置，如果它出現在走勢的高位或反彈浪位置，往往是見頂的訊號，如果這時直觀地以為大陽燭出現就代表買入，結果就可能是「摸頂」入貨等「坐艇」了。

因此我們要將基本定義收窄，當在低位或拉升途中出現的大陽燭，特別是突破底部形態或在中途整固的情況，才有足夠大的可能是買入訊號。

重點備忘：

1. **相對強弱**：光頭光腳的大陽燭是比較強大的上漲訊號，代表後市看好。但帶有上影線的大陽燭則要特別留意，因為這保留了淡友攻擊過的痕跡，代表頂部有一定沽壓，淡友並非完全沒有抵抗力，所以強度上就不及光頭光腳的大陽燭。

2. **出現位置**：低位出現的大陽燭通常都是比較信得過的買入訊號。經過一段時間築底後，主力多會以大陽燭去宣告拉升開始，以吸引更多市場資金追捧，持續升勢。另外，在進入拉升階段之前，主力亦會千方百計洗盤，力圖以更低價震走散戶，所以大陽燭的出現往往是洗盤結束、重新上漲的訊號。

3. **重要支持位**：大陽燭出現的位置同樣可視作重要的支持位，而支持的強度則視乎股價的回調幅度。如果回調到大陽燭的中點以上，則屬於強勢支持，好友的承接盤會偏強。如果回調到大陽燭中點以下到開盤價之間，則承接盤會偏弱。如果跌破大陽燭的開盤價（甚至最低價），則代表走勢轉弱，是時候賣出了。

4. **成交量**：分析陰陽燭圖最易被誤解的，是以為只看股價走勢就足夠；事實上，配合成交量去判斷陰陽燭的真偽，才是最佳的配套。當股價大幅拉升後伴隨巨大成交量的大陽燭出現，往往是見頂的訊號，這說明主力正在瘋狂出貨離場；而在上升途中配合溫和成交量的大陽燭，則意味持股穩定，後市續升機會大。至於在高位或下跌途中出現的縮量大陽燭，就有虛漲的嫌疑，這可能是大戶用小量籌碼拉升股價，製造續升假象來誘惑散戶接貨，投資者就要小心，免墮陷阱。

❷大陰燭

訊號	強度	陰陽燭數目
賣出	1星	1支

基本特點：

和單支大陽燭的情況一樣，單支大陰燭雖然同樣是傳統的賣出訊號，意味淡友勢頭正旺，後市會繼續下跌，尤其是處於高位或跌破調整形態的大陰燭，往往會帶來迅速而猛烈的暴跌！

不過，大幅下挫後的大陰燭可能是加速見底、淡友衰竭在即的現象，反而成為了有利好友的買入訊號。因此我們絕不能單純以一支大陰燭就斷定為賣出的指標。

重點備忘：

1. **相對強弱**：光頭光腳的大陰燭具有非常強大的殺傷力，而帶有較長下影線的大陰燭則下跌威力稍弱，說明低位有一定承接盤，屬好友的防線。而帶有上影線則代表好友進攻失敗，走勢偏弱。

2. **出現位置**：如果在上升末期處出現明顯高位的大陰燭，往往是走勢反轉的訊號，需及早離場！在高位或下跌途中的調整期間，如果出現大陰燭跌破調整形態的頸線，都是典型的起跌點，也是標準的賣出訊號。

   如果在上升途中出現大陰燭，則可能是主力洗盤之象，反而是趁低吸納的良機！而大幅下跌後的大陰燭則意味著淡友很快衰竭，這時就要密切關注止跌訊號的出現。

   跟大陽燭的情況一樣，不是所有大陰燭都有明確的操盤意義，單支的大陰燭可能只是象徵下跌，卻很難體現是否頂部或底部，所以就無法判定是炒底或逃頂的可能了。

3. **重要阻力位**：大陰燭一旦形成，就很容易成為後市反彈的重要阻力位。當股價反彈到大陰燭的中點以上位置時，必定會引來眾多沽盤，所以沽壓必然巨大，股價很可能會就此向下回調。

   所以未來要特別關注走勢有否突破這阻力位，例如股價有否高於這支大陰燭的最高價。由於這個價位是淡友當時發起攻擊的位置，自然也是後市淡友固守的最後防線，亦即最重要的阻力位。

4. **成交量**：在高位出現巨量成交額的大陰燭，明顯是主力出貨的表現，投資者應馬上跟隨離場。而低位出現低成交量的大陰燭則具誘淡的可能，或許將出現逆轉向上的走勢。縮量的大陰燭並不意味著淡友的衰竭，只代表承接力弱，很少賣盤可以打壓股價。總而言之，大陰燭的出現不代表持續的弱勢，後市走勢如何需配合成交量作進一步的觀察。

③十字星

訊號	強度	陰陽燭數目
暫時觀望	1.5 星	1 支

基本特點：

由於當日開市價與收市價非常接近（甚至一樣），所以開盤及收盤線均處於類近的位置，形成一條純粹的橫線。由於上下影線長短不同，十字星可衍生出四種常見形態，分別是：十字星、長十字星、T字星、倒 T 字星。

重點備忘：

1. 十字星形態：十字星、T 字星、倒 T 字星都具有相對強烈的轉勢訊號，而長十字星則有好淡爭持不下的含意。

2. 轉換走勢後成支持／阻力：十字星在低位說明下跌動能已經接近衰竭，後市很可能反轉向上。一旦反轉成功，十字星的最低價就是有效的支持位，後市可以作為止蝕位。反之，在高位出現十字星並走勢開始反轉後，十字星的最高價就是阻力位，如後市能突破這阻力位，則說明好友勢頭強勁，投資者可作回補。

3. 出現位置：在高位和低位出現的十字星都有轉勢的意義，代表行情膠著後的變化即將出現。而在上升和下跌途中的十字星只是過渡的訊號，代表短期內仍會維持原來的走勢。在實際操作中，十字星時屬於轉勢還是過渡的訊號，都需要後市確定，不能以單一的十字星來判斷。

❹ 陀螺

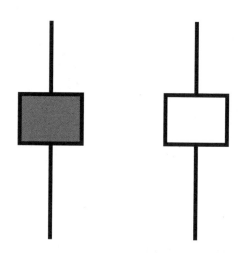

訊號	強度	陰陽燭數目
暫時觀望	0.5 星	1 支

基本特點：

超短的陰燭或陽燭配以一定長度的影線，都會稱之為陀螺，顯示股價漲跌程度有限，好淡雙方爭持不下，行情處於膠著的狀態，類似十字星的情況。但要注意的是，膠著狀態並不代表市場氣氛極度渙散，這也許是爆發某個明確方向的前奏。所以即使現時好淡角力相對平靜，走勢未見明朗，都要留意後市的瞬間變化。

重點備忘：

1. 把陀螺連接起來：陀螺的走勢非常沉悶，有可能會橫行一段很長的時間，但最終都會選擇方向，只有選擇了方向才有操作的價值。因此，雖然單支陀螺的指標性不大，但「團結就是力量」，當一段時間持續出現陀螺時，只要把它們連接起來看，往往都會發現明顯的趨勢，這對後市走向都有進一步的提示。

2. 出現位置：在高位出現的連續陀螺說明上升動能正逐漸衰減，後市可能逆轉向下；在低位的連續陀螺則有震盪築底的作用，後市可能反轉向上；而在上升或下跌途中的連續陀螺多數只代表維持原來的趨勢。

⑤鎚頭

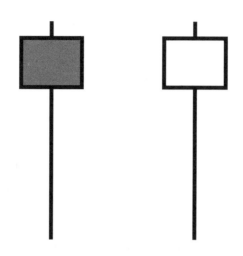

訊號	強度	陰陽燭數目
買入	2星	1支

基本特點：

當一連下挫後，最後出現一支長下影線的小陰陽燭欲試探底部，會稱為「鎚頭」。通常下跌一個月之後出現鎚頭，就可能是反跌為漲的先兆，所以鎚頭亦有「探底針」的稱號，翌日的走勢發展需密切留意。

鎚頭注重的是較長的下影線，至於是陰燭還是陽燭通常不必過於拘泥，但當然，如果是陽燭的話就更能體現好友的反擊實力！為何連續下跌後的「探底針」會有止跌意義？因為鎚頭的下影線本身就說明了淡友在打壓過程中逐漸衰竭，導致好友大力反擊，最後股價大幅拉高。這雖然是趨勢逆轉的特徵之一，但是否炒底則需後市進一步確認。

重點備忘：

1. 位置決定成敗：當鎚頭在支持位或超跌區出現，探底成功的機會都是極高。我們可以通過形態分析或黃金分割來預測下跌目標價，一旦在下跌目標價附近出現鎚頭，則很可能是止跌回升的訊號。

2. 設止蝕位：根據經驗，縱然我們經常會看到下跌途中出現「長下影線的陰陽燭」，但並不能說明它就是鎚頭。鎚頭也只是反映好友的反擊漸露曙光，至於後市能否完全逆轉，仍需後市確認。因此根據鎚頭買入需要設定好止蝕位，止蝕位就是鎚頭的最低點，一旦跌破就說明跌勢持續。

❻射擊之星

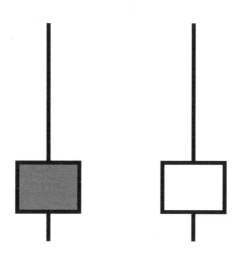

訊號	強度	陰陽燭數目
賣出	2星	1支

基本特點：

當走勢連番上升後，最後出現一支長上影線的小陰陽燭欲試頂，會稱為「射擊之星」，這可能是倒跌的先兆，所以翌日的走勢發展需密切留意。

射擊之星注重的是較長的上影線，說明好友在攻頂時出現沽壓，最後股價被大幅拖低。這雖然是趨勢逆轉的特徵之一，但是否見頂則需後市進一步確認。

重點備忘：

1. 位置決定成敗：當射擊之星在阻力位出現時，見頂的機會都是極高，隨時需要分批出貨，免得突然的大跌使獲利大減，甚至出現虧蝕。

2. 設止賺位：永遠不要相信能在最高點出貨，如出現射擊之星後的1~2天，股價進一步下跌並配以高成交量，要小心是大戶散貨的警號。

❼曙光初現

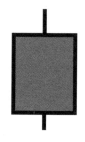
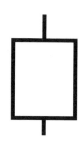

訊號	強度	陰陽燭數目
買入	1.5~2 星	2 支

基本特點：

首日出現陰燭後，次日股價低開高收見陽燭，且收在首日的陰燭之中。如次日的陽燭收得愈高，代表好友攻勢愈大，如接近首日陰燭的開市價位置，則表示好友佔優，應轉賣為買。

重點備忘：

1. 陽燭覆蓋的強度：此陰陽燭組合的威力，視乎次日陽燭的上插程度（即陽燭覆蓋陰燭的比例）而定，並以首日陰燭的中點為基準。如次日股價收於首日陰燭中點以上，表示好友勢強，跌勢隨時逆轉。如果次日股價收於首日陰燭中點以下，表示好友還沒完全掌控局勢，需要後市進一步觀察。

2. 出現位置：此組合如在低位出現，多數是走勢轉好的起點，投資者可考慮加碼補倉，趁低吸納。

⑧烏雲蓋頂

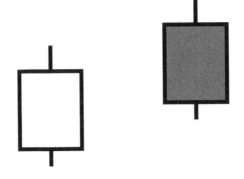

訊號	強度	陰陽燭數目
賣出	1.5~2 星	2 支

基本特點：

首日出現陽燭後，次日股價高開低收見陰燭，且收在首日的陽燭之中。如次日的陰燭收得愈低，代表沽壓愈大，如接近首日陽燭的開市價位置時，則表示市場沽壓甚大，應轉買為賣。

重點備忘：

1. 陰燭覆蓋的強度：此陰陽燭組合的威力，視乎次日陰燭的下探程度（即陰燭覆蓋陽燭的比例）而定，並以首日陽燭的中點為基準。如次日股價收於首日陽燭中點以下，表示淡友勢強，需及時賣出。如果次日股價收於首日陽燭中點以上，表示淡友還沒完全掌控局勢，需要後市進一步觀察。

2. 出現位置：此組合如在高位出現，多數是走勢逆轉的起點，投資者需考慮減倉，甚至清倉離場。如在上升途中出現，往往是主力洗盤，投資者需密切關注洗盤結束的訊號，伺機進場。

❾子母燭

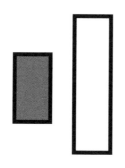

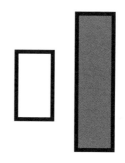

陽子母，屬於買入訊號   陰子母，屬於賣出訊號

訊號	強度	陰陽燭數目
買入 / 賣出	2 星	2 支

基本特點：

當翌日的大陽燭將前一日的小陰（陽）燭環抱住（亦有「破腳穿頭」之稱），就是極佳的買入訊號，尤其當這組合在低位出現時可買進。反之，當翌日的大陰燭將前一日的小陰（陽）燭環抱住（亦有「穿頭破腳」之稱），就是極佳的賣出訊號，尤其在高位出現時可拋售。

所謂的子母燭，即是組合排列上先子後母（先短燭後長燭，並由長燭環抱住短燭。嚴格上，子母燭的類型有四種，分別是陰子陽母型、陽子陽母型、陰子陰母型和陽子陰母型，根據市場含意把前兩種稱為「陽子母」，後兩種稱為「陰子母」。一般來說，「陽子母」代表好友強勢，後市看漲；而「陰子母」則相反，代表淡友強勢，後市看跌。

重點備忘：

1. 出現位置：高位超買區的「陰子母」常常是見頂的訊號，而低位超賣區的「陽子母」則多數是見底的訊號。

2. 成交量：當高位伴隨巨額成交量的「陰子母」通常是見頂的訊號，而低位低量的「陰子母」很可能是主力建倉。

⑩母子燭

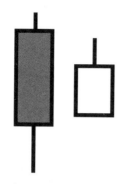

陰母子，屬於買入訊號

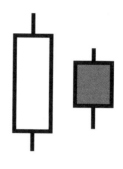

陽母子，屬於賣出訊號

訊號	強度	陰陽燭數目
買入 / 賣出	2 星	2 支

基本特點：

母子燭即是所謂的「身懷六甲」，其組合形態是子母燭的相反，先母後子（先長燭、後短燭），亦即翌日的陰陽燭從首日的陰陽燭中孕抱而出。

母子燭的組合有四種，分別是：陰孕陽、陰孕陰、陽孕陰和陽孕陽。根據市場含意把前兩種稱為「陰母子」，屬看漲訊號；後兩種稱為「陽母子」，屬看跌訊號。單純從組合本質看，陰孕陰比陰孕陽稍弱，陽孕陽則比陽孕陰稍弱，但實際走勢就未必有太大差別。

而子燭的位置也有一定的意義，如果子燭處於母燭稍高的位置則稍強，在母燭的中點或下端則稍弱。另外，子燭愈短愈龜縮在母燭體內，走勢逆轉的可能性就愈大。

重點備忘：

1. 出現位置：高位出現的「陽母子」表示做好的動能逐漸衰竭，後市將反轉下跌。反之，低位的「陰母子」表示下跌動能逐漸耗盡，後市將反轉上行。

2. 需確定後市走勢：母子燭的出現不一定會導致走勢逆轉。例如，高位的「陽母子」的位置如果超過前日長手陽燭的最高價，則表示上升趨勢不變。而低位的「陰母子」如創出新低的話，則跌勢仍會持續。

⑪裂口

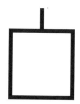

訊號	強度	陰陽燭數目
賣出	2 星	2 支

基本特點：

裂口的出現屬於極端的走勢，說明成交的走勢非常強烈。上升裂口的突破，是具有明顯的操作意義，一般可以積極跟進。而下跌裂口的突破，則是凌厲的殺跌走勢，必須斬倉。

不過要強調的是，突破盤整走勢的裂口才具有積極的操作意義，一般的裂口其實沒有多大的價值。

重點備忘：

1. 裂口的種類：有普通裂口、突破裂口、持續裂口和消耗裂口之分。對投資者而言，突破裂口的作用最大，可以提供明確的操作提示。向上突破牛皮走勢的裂口是最近的買入時機，而向下突破牛皮的裂口則無論如何都需要止蝕。

2. 支持及阻力作用：裂口是一段交易的空白，如果在上升趨勢階段出現向上的裂口，顯然是好友搶貨的結果，對未來將產生很強的支持作用。相反，在下降趨勢中出現向下的裂口，必然鎖定大批的套牢盤，對未來產生巨大的阻力作用。裂口的支持和阻力在沒有回補的情況下始終存在，一旦回補則轉向普通走勢，也就不具備提示意義了。

⑫三白武士

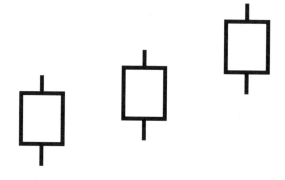

訊號	強度	陰陽燭數目
買入	1.5 星	3 支

基本特點：

三白武士是指連續出現三支陽燭的組合，但普遍的三白武士實際意義不大。

重點備忘：

1. 出現位置：低位的三白武士是漲升的先兆，投資者可分批加注入場。而高位出現三白武士，可能會很快出現回調，這時可先離場再作進一步觀察。

2. 留意阻力位：如三白武士在重要阻力位出現，應先再繼續觀察未來一兩天的後市動向，如未能升穿阻力，可能將下調一段時間。

⓭三飛烏鴉

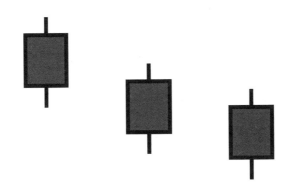

訊號	強度	陰陽燭數目
賣出	1.5 星	3 支

基本特點：

三飛烏鴉是指連續出現三支陰燭的組合，但普遍的三飛烏鴉實際意義不大。特別要注意的是，當在連續上升走勢的最上端出現三飛烏鴉，不久後將會出現大幅崩潰，股價甚至會一連下挫半個月（甚至一個月）。

重點備忘：

1. 出現位置：高位的三飛烏鴉是崩盤先兆，投資應及時離場。而下跌尾聲的三飛烏鴉則代表做淡動力正在衰減，股價將可能見底。

2. 留意支持位：如三飛烏鴉在重要支持位出現，應先觀察未來一兩天的後市動向，萬一在低位跌穿支持，三飛烏鴉就不會是見底的訊號。

⑭早晨之星

訊號	強度	陰陽燭數目
買入	3星	3支

基本特點：

在下跌的過程中淡友攻勢強勁，接大陰燭後出現裂口低開，以十字星收結，代表好淡雙方不相伯仲，而翌日高收見大陽燭，確認好淡雙方勢力逆轉，有黑夜中破曉的意味。

早晨之星的形成，是由跌到漲三日完成逆轉，而且逆轉上升的機會極高，是典型的買入訊號。

重點備忘：

1. 陽燭的長度：如果第三日伴隨著裂口出現的大陽燭，其長度超過第一根陰燭的最高價，代表好友已完全掌握局勢。如果大陽燭帶有上影線，則攻擊力會稍差點。

2. 留意支持位：如果早晨之星在重要支持位出現，更能確認逆轉成功。如果在上升途中出現早晨之星，可能是震倉結束後再度啟動升勢的標誌，可積極跟進。

⓯黃昏之星

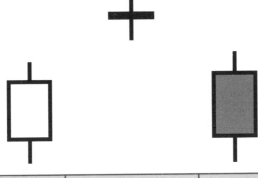

訊號	強度	陰陽燭數目
賣出	3星	3支

基本特點：

黃昏之星是短線急劇反轉的典型形態。第一日大漲，翌日延續強勢，裂口高開，但隨後被好友阻擊，最後收成十字星，好淡雙方勝負未分。第三日則裂口低開，收出大陰燭，說明淡友氣勢如虹，好友潰不成軍，勝負而分。這時投資者只能在進一步跌勢出現前盡快離場。

重點備忘：

1. 陰燭的長度：如果第三日伴隨著裂口出現的大陰燭，其長度超過第一根陽燭的最低價，代表淡友已經成功反擊。如果大陰燭帶有下影線，則攻擊力會稍差點。

2. 留意阻力位：如果黃昏之星在重要阻力位出現，更能確認見頂將很可能發生。

圖表形態揭示好淡角力？

　　剛才介紹的陰陽燭組合，注重的是短線操作，以及發出短期的轉勢訊號，其預測結果往往只適用於往後很短的時間，有時甚至只有 2~3 天。為觀察中長線的趨勢發展，只要把一定時間內的陰陽燭連成一起，組成一條上下波動的「曲線」，所包含的訊息就會全面得多。

　　圖表形態就是通過股價走過的軌跡（曲線），分析出好淡雙方在一段時間內的角力情況，從而了解股價未來的方向、阻力與支持。所謂的「阻力」和「支持」，主要是由圖表形態中的趨勢線畫出來，當中包括：上升線、下降線和水平線，在某些形態中，它們一般會稱為「頸線」。

趨勢支持位

上升線由浪底連結而成，具支持作用。

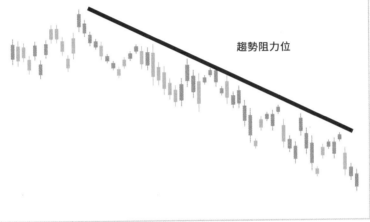

趨勢阻力位

下降線由浪頂連結而成，具阻力作用。

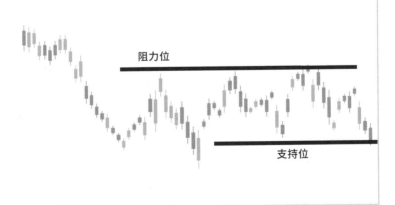

阻力位

支持位

水平線由浪底 / 浪頂連結，具有支持 / 阻力的作用。

　　圖表形態有很多種，而且可應用在月線、周線、日線甚至是分鐘線上（通常時間愈長，準確度愈高），以下會精選一些常見形態，以對比形式作重點介紹：

❶上升通道 VS 下降通道

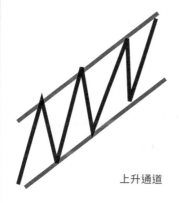

上升通道

下降通道

基本特點：

價格通道是兩條平行的趨勢線，上方的趨勢線為阻力線，下方的趨勢線是支持線，兩條平行線把股價曲線包住，會形成一條通道。

1. 上升通道：當股價走勢向上，形成上升通道時，表示利好，可於回調至上升通道底時買入。

2. 下降通道：當股價走勢向下，形成下降通道時，表示利淡，可於反彈至下降通道頂時沽出。

重點備忘：

1. 趨勢線被觸及的次數愈多，延續的時間愈長，代表趨勢被認可的程度愈高。

2. 當股價升穿通道的頂部，屬於買入訊號；跌穿通道的底部，則屬於賣出訊號。

3. 如果股價在一次波動中未能觸及趨勢線，離很遠就開始調頭，這往往是趨勢改變的訊號，代表市場已沒有力量維持原有的上升或下降趨勢。

❷ 上升旗形 VS 下降旗形

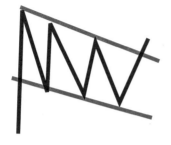 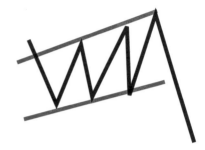

上升旗形　　　　　　　下降旗形

基本特點：

旗形通常會在波動市況出現，當股價經過一連串的密集波動，就會形成一個與原來趨勢呈相反方向的長方形。

1. 上升旗形：當股價急升後，出現一個向下的密集區，把密集區的高位和低位分別連接起來，畫出兩條平行而向下的直線，形成上升旗形。出現旗形後，股價會向上突破密集區，這時是入市的好機會。

2. 下降旗形：當股價急跌後，出現一個上傾的密集區，這便是下降旗形。出現旗形後，股價會向下跌穿密集區，這時就應該要出貨。

重點備忘：

1. 上升旗形多數會在牛三出現，暗示升市即將完畢；而下降旗形則大多數在熊市出現，顯示大市即將出現恐慌式下跌。

2. 在旗形的末端，無論是上升或是下降旗形，往往會伴隨成交量的增加，這亦是旗形結束的先兆。

❸ 上升三角形 VS 下降三角形

上升三角形　　　　　　下降三角形

基本特點：

股價在密集區的上下振盪幅度會愈來愈狹窄，漸漸失去彈性，趨勢線會形成三角形。當走入三角形尖端時，表示盤整階段結束。

1. 上升三角形：在持續升勢後會進入密集區盤整，當股價升至某一水平即有強大阻力，但下方的支持位卻不斷上移，代表好友力量漸強；走到三角形末端時，股價預期會向上突破。

2. 下降三角形：在持續跌勢後會進入密集區盤整，當股價跌至某一水平即有強大支持，但上方的支持位卻不斷下移，代表沽壓漸大；當走到三角形末端時，股價預期會向下續走。

重點備忘：

1. 上升三角形最常在升市途中出現，屬利好的整理形態；而下降三角形則多數在跌市途中出現，屬利淡的整理形態。

2. 當走到上升三角型尖端，向上突破時，如果沒有伴隨成交量的擴大，小心是「假突破」，股價可能會很快會回歸密集區內。

❹頭肩頂 VS 頭肩底

頭肩頂

基本特點：

頭肩形態在圖表形態中出現最多，因為好淡雙方都經過長時間的角力，某一方的氣勢漸見明朗，所以是可靠的反轉突破形態。

1. 頭肩頂：由左肩、頭、右肩三個不同的頂部組成，而各階段的支持，便形成頸線。左肩成交量最大，頭部次之，右肩較細。當股價跌穿頸線，一般會出現既急且大的跌幅。

2. 頭肩底：為頭肩頂的倒轉，由左肩、頭、右肩三個不同的底部組成，把阻力位連成一條直線即為頸線。當股價升穿頸線，一般會出現強大的升幅。

頭肩底

重點備忘：

1. 升幅 / 跌幅的高度，由頭部到頸線的垂直距離量度，計算的起點由突破頸線的位置開始。

2. 頭肩頂完成後，向下突破頸線時，成交量即使沒有放大，仍多數是有效突破；但如頭肩底向上突破頸線時，沒有伴隨較大的成交量出現，則很大可能是「假頭肩底」形態了。

❺雙頂 VS 雙底

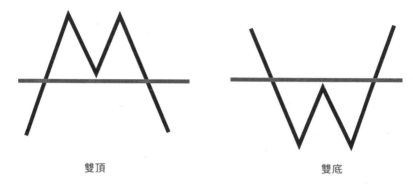

雙頂　　　　　　　　　　　　　雙底

基本特點：

雙頂和雙底同樣是重要的轉勢形態，與頭肩形態相比，沒有了頭部，只是由兩個基本等高的峰或谷組成。

1. 雙頂：又名「M 頂」，當股價連續兩次上升至一定價位時停滯不前，就會出現雙頂，反映後市偏淡。當股價跌穿頸線，多數是跌勢的開始。

2. 雙底：又名「W 底」，股價格連續兩次跌至一定價位時，不再下跌，形成兩個底部，反映跌市由淡轉好。當股價升穿頸線，並配合大成交量，都會是升勢的開始。

重點備忘：

1. 升幅／跌幅的高度，由頂部／底部到頸線的垂直距離量度，計算的起點由突破頸線的位置開始。

2. 雙頂向下突破頸線時，未必會有大成交量出現，但日後繼續下跌的話，成交量必然擴大。而雙底向上突破頸線時，必須有大成交量配合，否則可能是「假突破」。

❻三頂 VS 三底

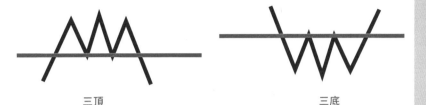

三頂　　　　　　　　　　　　　　　三底

基本特點：

與頭肩形態的區別在於，頭部的價位回縮至肩部相約的位置；而走勢上則比雙頂「折騰」，因為共有三次接觸頂 / 底部。由於頂部與頂部，底部與底部間均相隔一段距離，所以每出現一次頂部或底部，就需要一段時間整理。

1. 三頂：在升市途中，由三個相約的高位組成。由於三次攻頂不成，好友信心開始動搖，加上資金彈藥差不多耗盡，當股價回落並跌穿頸線時，將是逆轉下跌的開始。

2. 三底：在跌市途中，由三個相約的高位組成。同樣地，當淡友三次攻底不成，資金彈藥差不多耗盡，就是好友反擊的開始，當股價升穿頸線時，升勢多數會持續一段時間。

重點備忘：

1. 量度升跌幅度的計算方法，與雙頂及雙底相同。

2. 當三頂的第三個頂的成交量偏低時，是明顯的下跌先兆；而三底在第三個底部完成後股價上升，並配合成交量大增，即表示股價將會突破頸線而上升。

3. 由於三頂 / 三底的形成時間較長，投資者必須要有耐性，等待形態確認後才作買賣決定，期間不要急於跳進或跳出市場，以免造成昂貴的交易成本。

❼圓頂 VS 圓底

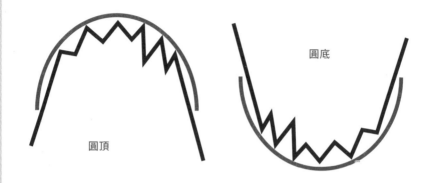

圓底

圓頂

基本特點：

當股價進入整理期，好淡雙方短兵相接，力量的轉變以漸進式進行的，於是從升至跌或從跌至升的過程，呈現出拋物線的形狀，就是圓頂／圓底。

圓頂：在前半段，股價會以弧形上升，但成交量會逐漸減少；當股價緩升至相當價位時，上下波動幾乎呈水平狀態，而且成交量亦極少；隨後股價會緩慢下跌，成交量亦會開始上升，形成圓頂的後半段。形態完成後，股價的趨勢多數是下跌。

圓底：在前半段，股價會以弧形下跌，而成交量會逐漸減少；當股價緩跌至相當價位時，上下波動幾乎呈水平狀態，而且成交量亦極少；隨後股價會緩慢回升，成交量亦會開始上升，形成圓頂的後半段。形態完成後，股價的趨勢多數是上升。

重點備忘：

1. 圓頂的頂點／圓底的頂點，即呈水平狀態的部分，時間可長至一至兩個月。

2. 圓頂／圓底的前半階段，與後半階段所用的時間相近。如升勢過急，便會破壞了形態，形成假訊號。

如何判斷升勢見頂？

要在股市獲利，必須掌握市場的運動趨勢，市場是以波浪式的走勢運行，在「高位出貨、低位買入」是普遍的操作手法，所以要明白何謂「頂部」、「底部」是必須的技巧。

在上升趨勢中，股價的漲升往往是一個波峰推向另一個更高的波峰，而隨著上升波的延續，市場上獲利的籌碼就愈來愈多，因此獲利回吐的機會就會增加；但在真正的頂部形成前，一般回吐所造成的股價回調是有限，因此一個升勢的維持，成交量的增長配合是相當重要。一旦成交量跟不上升勢，則會有愈來愈多獲利盤遭拋售，造成股價持續回調，這時候，如果「趁低吸納」的投資者愈來愈少，股價勢必進一步失去支持……當好淡雙方情況逆轉，股價勢必被打壓，更多持股者會選擇獲利平倉，這種大眾心態的轉變，意味著走勢即將見頂。

由此可見，投資者必須細心留意股價的波動，只要及時看到即將見頂的徵兆，就能保住贏利，風光瀟灑地離場。以下介紹幾項升勢即將見頂的市場特徵：

升勢即將見頂的特徵

1 股價大幅上下震盪	愈接近升勢頂部，雖然淡友忙於出貨，但部分好友依然勇氣未減，仍會高價接貨，結果造成股價劇烈波動，但只要細心留意，這些波動的高低位已呈下降趨勢，表示好友的勢力逐步衰弱。
2 在日線圖上出現大陰燭	由於升勢期間市場人氣旺盛，投資者都不惜追高買入，一旦股價回落稍顯便宜，自然會搶買跟進，所以在綿綿升勢中一般是不會出現大陰燭。但當有一天出現了大陰燭，則說明市場人心有變，好淡雙方的實力隨時已經逆轉，顯示市場好景不長。
3 重大支持位被打穿	這兒所指的重大支持位，大約是總升幅回落至 38% 處的價位，當這重要位置被擊穿，就意味著市場的信心開始動搖。
4 平均線系統下破	股票升勢的後期，要特別注意 5 天平均線的變化。當 5 天線連續下穿 10 天線、20 天線和 30 天線，代表上升趨勢已破，見頂高唱入雲。
5 出現賣出技術訊號	當一些技術指標出現賣出訊號，就要特別留意後市的發展，隨時準備逃頂，例如：月線的 MACD 在調整過後，出現「死亡交叉」。
6 換手率急升	股票由吸貨、拉升到出貨，進出都會伴隨大額的換手率，但一發現某日的換手率超過平時的 2~5 倍，同時股價在某一區間滯漲，這就是見頂的警號了。
7 成交量減少	這是股價見頂的明顯現象，不過在升勢中的第 2 浪及第 4 浪調整，同樣會出現成交量大減的情況，所以成交量減少不是判斷頂部形式的可靠依據。

如何判斷跌勢見底？

投資者大多非常重視中長期底部的形成，一旦看準這類底部出現，就可以重注博反彈；至於博短期底部的炒家，就建議小量入貨為宜，始終「逢底便炒」的操作方法，很多時候只會愈炒愈底，最終必然損失慘重。真心想博見底反底的投資者，就要好好認識以下幾個操作原則了：

1 **不要指望在** **最低點入市**	對大部分股民來說，見底即是反彈，擔心遲了入市會錯過反彈飛升的時機，次日無法追高，於是心急地認為現在就是最底部，是入市的時刻；但博搶反彈始終是高風險行為，股民還是不要過份心急或自信認為可以買到最底點。建議等待底部形態成熟才大量買進，以免跌中有跌，愈套愈深。
2 **不要迷信底** **部成交量**	價跌量縮是見底的基本特點，但量縮了可以再縮，你永遠不知道甚麼時候才是最縮。所以應等待大市指數走穩，同時成交量連升三日後才能進一步確認。
3 **底部未必只** **有一天**	雙底和圓底都是常見的底部，它們形成的時間都比較長；而V型底的形成可能在一天內發生，但萬一形態失敗，追入後被套住的風險就相當高。

4
**底部需要技
術面確認**

短期底部形成的特點：

· 個股日線圖常常出現長下影線的陰陽燭，具
有觸底反彈的意味。

· 股價回落到 10 天、20 天平均線時獲支持，
並快速升穿 5 天、10 天平均線。

· 股價回調幅度小，通常 1~2 天就會回升。

· 由於時間太短，成交量並不是判斷指標，但
整體的股價趨勢基本是向上。

中期底部形成的特點：

· 個股約以半個月至兩個月的周期，形成頭肩
底、雙底和圓底形態。

· 股價常運行在 45 天平均線上，即使期間出現
回調，亦不會有效跌破 90 天平均線。

· 股價回調幅度不超過前浪上漲的 50%。

· 股價回調時間通常不會超過兩個月。

· 個股出現價升量升、價回量小的格局，說明
市場拋售情況。

長期底部出現的時機：

· 一波大的調整周期，即股價從高位到低位，
約需 16 個月時間，大致可按這時間長度計算
出底部出現的時間。

何謂莊家
「吸、拉、派、落」四步曲？

　　「陷阱，到處都是陷阱。」很多投資者買了中小型股，或者俗稱的「細價股」後，股價走勢往往都是意想不到、估佢唔到，明明使用各種基本和技術分析去判斷，得出的結論應該是派升可期，但目前情況卻是每況愈下；而一些明明沒有亮麗前景的股票，卻愈升愈有，非常詭異。從種種跡象推敲，很可能，你買入的股票是有「莊家」坐盤的。

多謝散戶幫手接貨！

莊家股

莊家股　　莊家股

　　莊家，一般是指能影響股市行情的大戶投資者，他們對某些企業所持有的股份量眾多（可能是 20~60%），加上資金巨大，擁有豐富的資訊、人才、技術及公關優勢，所以要將股價舞高弄低，按他們的自由意志「製造」想要的走勢，都是輕而易舉的事，因此很多陰陽燭組合和技術形態都會在這類股票中失效，投資者要份外小心中伏。

　　對散戶來說，莊家的存在可說是又愛又恨，民間的說法：「股票有莊則漲，無莊則不起風浪」，如果無莊家，投資這類股票一定賺不到錢，但同時你又可能會中伏被套，「坐艇」收場；換另一個角度看，如果我們能掌握大戶常用的操盤手法，往往能跟著大戶的步伐走，從中獲取厚利之餘，亦不致被套！以下就看看大戶「吸籌、拉升、派貨、回落」操盤四部曲的過程：

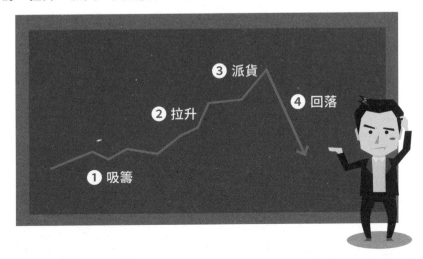

莊家「吸、拉、派、落」四步曲

第一步 **吸籌**	莊家要抬升股價，首先是收集籌碼，亦即是流通於市面的股票（俗稱的「街貨」）。雖然莊家資金眾多，但並不會一次買入大量股票，以免驚動廣大股民，所以這個收集過程一般至少 9 個月，有時甚至要 1~2 年。 期間股價會長期低迷或持續低走，縱使有些時候會出現些許升勢，但很快又會回落，這一般都是大戶「壓價」的行為，目的是盡量減低成本，把股價壓低，同時震走散戶，以加快收集籌碼的速度。
第二步 **拉升**	當莊家收集好足夠的籌碼，可以進行壓倒性的操盤後，就會進入下一階段。期間我們可能會在市場收到關於該股的題材炒作消息，目的是吸引更多投資者參與入場，然後股價會開始逐漸上升並創出新高，成交量亦會溫和放大，其間或會出現數次震倉。然後會借用大市總體上升的趨勢，再度狂拉股價，以熾熱的氣氛吸引更多投資者跟風。
第三步 **派貨**	在拉升階段的後期，股價已處於相當的高位，而莊家亦準備賣出籌碼獲利，即「派貨」。派貨期間，莊家會進行一些回調或反彈的假象，讓散戶相信升勢未完，誘使他們加入「接貨」。
第四步 **回落**	派貨階段結束後，大部分籌碼又落回散戶手中，股價回落是自然的事。如果你在股價高位接貨的話，真的要說句：「山頂的朋友，你好！」了。

何謂莊家「吸、拉、派、落」四步曲？

莊家派貨基本上是機密中的機密，不會有半點風聲漏出，一般散戶難以單靠「收風」去了解他們的動向。以下嘗試從客觀環境，整理出莊家派貨前可能出現的徵兆：

1. 目標價已到

莊家在坐莊前，多數已計劃好股價上漲的高度和出貨時的價格區域，雖然散戶不是他們肚中的蟲，無法知道莊家的預定目價時多少，卻可以根據其持倉量估算出貨的最低目標價。例如，莊家持倉時在 50%，只要大市狀況不差，股價漲幅至少會在平均建倉價的 100% 以上。

2. 市盈率高漲

多數的莊家股在多次炒作後，股價升幅可高達 3 倍，即使過去只有 20 倍市盈率，現在也會被炒到 60 倍，有時甚至會高達 100 倍以上，嚴重透支了股票的內在價值；但市場最終會回歸真正價值，當發現市盈率開始過高時，就要盡快早莊家一步出貨了。

3. 股價該升不升

當股票基本面和技術面都大好，並持續有利好消息發布時，若發現股價上升無力，即使在成交持續放大的情況下，股價仍無法創新高，甚至逐步下降，就說明莊家正在減倉出貨了。

後記感言

與書結下不解緣

每件事情的出現必有因果，天時、地利、人和，才能催生出一幕幕恰到好處的劇情。

我自小就很喜歡看書，因為書本是很好的媒介，讓我跨越時空的限制，與不同人進行零阻隔的交流，認識廣闊的世界和多樣化的觀點；然而，這不代表我愛讀學校的書，特別要強調，我對香港的填鴨式教育制度是尤其反感的。

在學生時代，由於我的興趣都不在主流的課本知識，當時的我要一邊應付學校的課程，一邊私下鑽研自己的興趣（例如：星相命理、神秘學、哲學、天文⋯⋯），要在現實與夢想之間取得平衡，確實有點吃力。尤其在準備考公開試的數年，眼見班上的同學都為考取好成績奮鬥，我更加肯定自己跟他們不是同一類人。上到大學後，與身邊環境格格不入的情況依舊，慶幸的是，我有更多的自由時間去做自己喜歡的事。

然而，宇宙的主宰總是充滿奧妙——理商科出身的我，機緣巧合下，來到關於書的出版界，兜兜轉轉，重回文字的懷抱，以愛好為業⋯⋯我不禁驚嘆一句：「難道這是命運的安排？！」

多年來，我曾與無數位作家合作，出版過大大小小的圖書，萬萬想不到，自己都會有成為作家的一日⋯⋯或是機遇，或是注定，對我來說，寫書是個很好的嘗試，亦是自己在出版界的里程碑。

本書的誕生，首先要多謝撰文推薦的好友（依認識時間排列）：謝克迪（Dicky）、王華（Fred）、歐陽一心（Chris）、小龍（Eric）和周梓霖（Alex），能夠與一眾財經界專才合作交流，絕對是我的榮幸，從中我獲益良多。

其次要多謝兩位趙小姐，一位是師姐 Ding，是她帶我進入出版的世界，是她令我明白如何成為一個真正的編輯，是她讓我深深體會作為出版人的堅強信念 —— 做好每本書；第二位是合作多年的書籍設計師兼插畫家 Mari，在圖書的製作過程，設計師往往被外界忽略，但我十分肯定，沒有這些創意設計，形象地把文字呈現出來，一本好書絕對無法誕生。在香港做出版一點也不容易，我的出版之路可以走到多遠？我也不知道；有幸一路都有這些好夥伴在旁同行，令我更有勇氣開創出屬於自己的路。

最後亦最重要的，是感謝媽媽、爸爸、婆婆和妹妹一直以來的無限量支持和無私關愛，摯親的養育之恩，沒齒難忘。沒有你們從小到大給予我自由成長的空間，現在的我未必有足夠的能力和決心，排除萬難，堅持去做應該要做的事了。即使面對世間的人情冷暖，不公不義，仍鼓勵我莫忘初衷，要保持一顆赤子之心。

面對逆境的時候，有人會選擇逃避、沉默，或者同流合污；而我則選擇由自己開始，以身作則，活出人性的光輝，照亮他人 —— 愈黑暗的地方，愈需要光明的出現，唯有無懼，才能發現真正的自己，感受真正的活著。此刻，或許你仍未意識到自己的可能性有多大，但是 —— 浪濤，往往由簡單的漣漪帶動；燎原，正是從小小的火苗開始。共勉之。

陳卓賢

股票投資 All-in-1

編著 / 陳卓賢

編輯 / 米羔、阿丁

插圖及設計 / marimarichiu

出版 / 格子盒作室 gezi workstation
郵寄地址：香港中環皇后大道中 70 號卡佛大廈 1104 室
臉書：www.facebook.com/gezibooks
電郵：gezi.workstation@gmail.com

發行 / 一代匯集
聯絡地址：九龍旺角塘尾道 64 號龍駒企業大廈 10B&D 室
電話：2783-8102
傳真：2396-0050

承印 / 美雅印刷製本有限公司

出版日期 / 2016 年 11 月（初版）
2017 年 4 月（第二版）
2017 年 12 月（第三版）
2018 年 7 月（第四版）
2020 年 5 月（第五版）
2021 年 1 月（第六版）
2021 年 2 月（第七版）
2021 年 5 月（第八版）

ISBN/ 978-988-14368-3-2

定價 / HKD$108